Técnicamente humanos y Otras historias extraviadas

Técnicamente humanos y Otras historias extraviadas

Cecilia Eudave

Letra Roja
publisher

Título original:
Técnicamente humanos y Otras historias extraviadas

Primera edición: Abril 2010
Diseño y concepto editorial: Carolina Arévalo
Cubierta: Rodolfo Arévalo y Luis Zamora
Corrección: José A. Carbonell Pla

Derechos reservados:
©2009, Cecilia Eudave
©2009, Miguel Castro
ISBN: 9780978584177
LCCN: 2009936439

LETRA ROJA PUBLISHER
Consejo directivo Letra Roja: Miguel Castro – Editor
P.O. Box 770039
Orlando, Florida 32877
E-mail: castro@letrarojapublishers.com

Todos los dibujos utilizados en el presente libro han sido usados con el único fin de ilustrar. Reservados todos los derechos. Queda estrictamente prohibida la reproducción parcial o total de esta obra por cualquier medio o procedimiento conocido.

www.letrarojapublisher.com

Índice

Nota Introductoria	9
Nota de la autora	15

TÉCNICAMENTE HUMANOS

Un posible diálogo entre Victor Frankenstein y su creación	21
Se inician las historias en una Batalla inconquistable	22
El canibalismo de los objetos	29
Medieval cuento	32
Mercado negro	36
El colgado	38
El dragón de la princesa	41
Dispara, Tario	45
La uña del dedo gordo del pie	47
Imagínatelo todo en blanco y negro	49
V	52
Donde estés tú yo dejo un ojo	55
El signo astral del caballero Arena	56
Mercedes	60

HISTORIAS EXTRAVIADAS

Eva entró por la ventana	63
Los anaqueles del Señor Rioja	80
Un buscador familiar	83
Tatuajes	92
Asunto de pez	99
El otro Aleph	103
Viaje	116
Íncubo	122

Una noche de invierno es una casa 127
El oculista 138
Epístolas 145
Bocabajo 155

HIPERBREVES
Brochetas 167
Sobre las ciudades invisibles 168
Tabi: El país de lo inestable 169
Sobre la inspiración a base de tintas 170
Doble naturaleza 171

Nota introductoria

Técnicamente Humana
«Algo como yo, supongo»

Al otro lado de su cuerpo siempre hay una historia. Cecilia Eudave es una mujer que habita cotidianamente vidas paralelas; y cada vez que escribe pareciera como si dejara partes de su piel, y algunos órganos para comprobarnos su existencia. Por tanto, reunirla en una sola pieza es casi imposible. Sucede entonces que, cuando el lector se acerca a un texto como *Técnicamente humanos*, se encuentra ante una obra con una estructura aparentemente caótica, debida, en parte, a la extraña presencia de una historia que dentro de los otros relatos del libro, domina la narración en una suerte de juegos intratextuales.

Tan es así que, en cualquier momento, *Mercedes* podría preguntar, incluso a usted, lector, dónde se encuentra *El Caballero Arena*. De manera que no sabrá si responder o hacer caso omiso al interrogatorio. Seguramente se preguntará: ¿quién es aquel hombre? ¿Por qué alguien lo cuestiona en medio de su lectura? Basta decir por ahora que él es quien vigila la exactitud del tiempo. Y usted será testigo inmediato de cómo el personaje se resuelve a sí mismo, en lo que parece ser su encuentro con el destino.

«Mercedes, [...], siguió su camino por otras líneas...»

Posteriormente, seguirá leyendo las otras historias que no tienen esas referencias medievales, y verá que éstas no guardan una relación aparente con el mundo fantástico que supuso en un principio.

El discurso imaginario

La narrativa de Cecilia oscila entre lo Fantástico extraño —en los textos en los que se comprueba sólo hasta el final, que la presencia de ese algo insólito tiene una explicación racional— y lo Fantástico maravilloso, cuyo tratamiento es el más cercano a la categoría de lo Fantástico puro, a la que alude Tzvetan Todorov. En la que el personaje, dentro de la narración, duda si ese algo fantástico proviene de la realidad tal y como él la concibe. Así sucede en *Tatuajes*, cuando ese hombre de dimensiones gigantescas se resiste a dar crédito a lo que ve: hormigas que llevan a cuestas trozos de fuego, pedazos de ojo, plumas de color tifón y garras azules, luego de aniquilar al dragón que Simón tenía tatuado en la espalda.

En lo que respecta a lo Fantástico extraño, Cecilia no se quedará al nivel de la anécdota, en la que sólo intervendría lo inexplicable, lo insólito repentino para que usted, lector, esté temeroso de la historia. Sin embargo, podrá encontrar en algunos de sus relatos, sobre todo los que aparecen en *Historias extraviadas*, que lo Fantástico extraño no sólo se manifiesta en el argumento, sino que su presencia asiste fuera del texto, cuando menos se lo espera. No hace falta imaginarlo, ya está sucediendo: en una de las páginas de su libro, al margen de su lectura, aparece una pequeña ventana en la que un ser diminuto vestido de rojo le sonríe, se posa sobre usted, lo seduce cual íncubo, y lo posee cuando le sugiere: «Vamos, tú y yo, a revelar los plagios más grandes de la historia...» ¿Podría resistirse?

OTRA DIMENSIÓN DE LO FANTÁSTICO

Cecilia Eudave, asimismo, vulnera los comportamientos de estas categorías estructuralistas; y dentro de su imaginario fantástico elabora otro discurso, y arroja, como si se tratara de un dragón que lanza ráfagas de fuego, fecundas provocaciones de diferentes naturalezas.

De la narrativa de Eudave puede devenir un catálogo de imágenes perturbadoras que oscilan entre su imaginario de imposibles y su inventiva medieval. *Técnicamente humanos* es la ruta de acceso para percibir otra realidad que se entiende mejor a la luz de lo Neofantástico. Término empleado por Jaime Alazraki para designar a los relatos que poseen en sí mismos una poética que expresa una nueva dimensión de lo fantástico, en la narrativa del siglo XXI.

Esa percepción de la realidad en Cecilia, cobra una dimensión violenta. Muchos de sus textos, dentro de su imaginario neofantástico en *Técnicamente Humanos* y en *Historias extraviadas*, muestran ese discurso de la invasión, dentro y fuera del texto literario, en un registro de violencias cotidianas, de oscuras perversiones y furias desembocadas en acciones «socialmente reprobables». Los cuentos de Eudave, en este sentido, te enfrentan sin advertencias a la crudeza de la condición humana. «Una señora subió; miró al colgado con asco, con odio. Se acercó despacio y sacó un cuchillo que traía escondido: "¡Te voy a capar, animal!"».

El sentido de la violencia en la prosa de Eudave no es mera ornamentación, búsqueda de efectos inmediatos o repulsivos en la lectura. Eudave incita a buscar esos mecanismos que operan dentro para desenterrar la realidad de una verdad. Eudave precisa de una lectura desde dentro, que no refiere al escrito de manera panorámica, ni ceñida a la pesquisa descriptiva y superficial del recurso literario, con base en una anécdota violenta. Sino se vale de otros recursos que afirman ese nuevo acercamiento fantástico que no deja de ser violento.

En la estructura en el libro *Técnicamente Humanos* se da desde la intromisión de *Mercedes* en casi todas las historias que aparentemente tienen su propia naturaleza fantástica. Pero hay otros, como en *Mercado negro*, donde asisten a una pesquisa del *mutilado*, casi todos los personajes de este volumen de cuentos: los caballeros de mechones sucios retirados de combate, un plaga de pie, una sala mordelona; «y tus ojos revueltos con los míos en una tarde donde el "dispara, Tario" no se oyó». Pero sucede que esta invasión no sólo aparece al nivel de la narración, de la intratextualidad. Sino que se lleva a cabo mediante el acto de violentar al lector e irrumpir en la estructura del relato. Esa es la relación que guarda con el cuento *Íncubo*, que aparece en *Historias extraviadas*, donde el pequeño rojizo salta de la página y seduce a *Yvette*, al tiempo que lo hace contigo, atento lector.

La violencia se da desde la interiorización que el lector hace de sí mismo a través de varios de los personajes de Cecilia Eudave. «¿Me estoy volviendo loca o tomando conciencia de las cosas?», ella se pregunta, mientras nota cómo Eva, el sueño invasor que llegó por la ventana, se apropia cada vez más de su espacio, de sus movimientos, de sus objetos; de la historia de su infancia, en el que se sueña el sueño de otra persona. Hasta que Eva logra desenterrar en ella la certeza de que en algún sitio de ese mapa escondido podrá hallar el tesoro perdido que buscaba tanto su padre.

La invasión desde dentro. Los personajes creen padecer enfermedades a causa de sentirse allanados por otras historias, por otros personajes, por otros mundos que caben en la uña del dedo gordo del pie. Invasión a las fosas nasales; a los oídos. Sitios donde se construyen otras historias, y crean imperios fulgentes en sitios incómodos: «...incluso creo alucinar y ver al Caballero Arena a galope entre lo espeso de mis bosques...».

En los cuentos de Eudave no sólo los personajes toman conciencia de las cosas. Dibujos animados habitan en ilustraciones en blanco y negro; y cobran vida. Cuando algo irrumpe de repente, son las cosas las que cobran vida, y comienza la mutilación: «Yo, para hablar con sinceridad, intuí que padecía alguna enfermedad de pérdida de cuerpo, y en mi obsesión por justificar mi mal me imaginaba a los objetos devorándome». El cuerpo fragmentado, mutilado, cobra dimensiones escandalosas en la narrativa de Cecilia. Si hemos de ser francos, prefiero este acercamiento a su obra, quizá por esa claridad y contundencia, que recuerda al cuento *La carne*, de Virgilio Piñera. En Eudave hay una sutil belleza en esas imágenes que describen la fragmentación corporal, como un ritual lúdico. Sin abatimientos. «Se descubrió al sospechoso vendiendo su mano entre la plaza Tapatía y la Calzada».

Uno de los relatos de inventiva enfermiza, que posee mayor fuerza en el imaginario de violencia fantástica es *Boca abajo*, con punzantes descripciones que hacen del cuerpo de la anciana un mosaico de laceraciones a la que se le encuentra «flotando bocabajo en agua tibia, los ladrillos y algo de excremento se divisan al fondo de la tina y otros tantos flotando sigilosamente entre ella». Esta narración, que se halla en *Historias extraviadas*, se antoja como la historia de *Los anaqueles del Señor Rioja*, el coleccionista de órganos imantados de melancolía y desesperación. Es en este relato donde el hombre reconoce en sus «filias» esa atracción a la belleza de lo putrefacto. Y la violenta delicadeza con la que se le debe examinar. «Cuando la tuvo en buena posición, la agarró por la espalda y la cortó de un tajo, limpio y certero».

Pero no son sólo los pedazos de carne los que reúnen toda clase de nostalgias y sentimientos humanos, acaso enfermizos. Los Viajes-objetos-recuerdos son también coleccionables para los personajes de Cecilia. Toda clase de registro es necesario para comprobar la existencia de quien se precia habitar un fragmento de este mundo.

Puede ser que Eudave sea aquella muchacha que habita su propia historia; que colecciona los huesos de ciruela amarilla para guardarlos en una bolsa de plástico con un listón rojo; que reúne cada uña de su madre, y los vellos del bigote de la abuela; colillas de cigarro de una amiga a quien se le hacen paisajes en sus dedos amarillos. Tal vez sea la propia *Mercedes* que consigue reunirse con *El Caballero Arena* dentro de un reloj de arena que atestigua el paso del tiempo, en un inacabable muestrario de pequeños detalles que construyen una nueva forma de percibir la belleza, de percibir otras dimensiones en lo fantástico, otras dimensiones de lo humano. Donde quizá, todo al despertar tome un sentido catastrófico, en una realidad técnicamente humana.

Diana Andrade Uribe.

Nota de la autora

Cuando Miguel Castro, editor de LetraRoja Publisher, me dijo que deseaba publicar una antología de los cuentos más representativos de mi obra, me di a la tarea de seleccionar de entre mis libros los que consideraba los mejores. Claro, un escritor siempre tiene favoritos y no son, la mayoría de las veces, los que le gustan a sus lectores, sin embargo, lo intentaría. Así seleccioné de Registro de Imposibles (2000, 2006), de Invenciones enfermas (1997), recuperé otros extraviados en antologías o revistas literarias, finalmente integré algunos inéditos. Mas cuando me vi obligada a seleccionar alguno de Técnicamente humanos (1996), mi primer libro, no pude hacerlo. Lo leí una y otra vez, me parecía imposible romper esa unidad; además, el libro era tan breve y los cuentos que lo conforman estaban tan en su papel de «somos indisolubles» que con resignación acepté no incluir ninguno. Pero fue mi buen amigo José A. Carbonell Pla quien me dijo: «Cecilia, ¿por qué no lo editamos todo?». Luego apareció Diana Andrade Uribe, lectora apasionada del texto desde su primera aparición, quien se comprometió a escribir un texto introductorio, recordando una promesa, pues yo le había dicho que si alguna vez volvía a publicarse el libro ella escribiría algo sobre él.

Y así sucedió, a trece años de su primera publicación, TH, como lo comenzamos a llamar con cariño, robó el ánimo del editor y de todos los involucrados en su preparación, se impuso otra vez a pesar de ser una obra cuya madurez no responde al resto de los cuentos aquí incluidos; y la antología que en su principio se iba a titular Historias extraviadas, se convirtió en Técnicamente humanos y otras historias extraviadas. El resultado de tan inesperada combinación será ahora objeto de discusión del lector, sólo cabe agregar que los que participaron en esta edición extraña, que fue mutando desde sus inicios, tenían la intención de mostrar mi imaginario, mis vidas paralelas y mi gusto por los universos fantásticos.

Cecilia Eudave.

Técnicamente humanos

A mis padres.

Un posible diálogo entre Victor Frankenstein y su creación

—Tienes unos ojos que ven, una boca y comes, una nariz para oler todo lo que posee el mundo. Manos para tocar y un cuerpo completo, un cerebro y crees que piensas. Eres técnicamente humano.

—Y eso, ¿qué es?

—Algo como yo, supongo.

Se inician las historias en una
Batalla inconquistable
(a manera de breve prólogo)

El caballo tropezó con un cerro de cuerpos que el enemigo empezaba a utilizar como muralla. (Bueno, ambos bandos se servían de esta enorme pared de piernas, cabezas, brazos y demás partes anatómicas como un buen resguardo). El jinete que iba cabalgando cayó dando dos redobles sobre tierra y fue a perder el yelmo, mientras un compañero suyo, que seguro no quiso ayudarlo, se interpuso entre él y otro combatiente que se apresuraba a partirle el cráneo en dos. El soldado se aprestó a darle una estocada con un espadín, que se procuró de un caballero enemigo, al cual acababa de eliminar. Sin embargo, el esfuerzo fue inútil; otro lo acosó en la retirada y le dio pronto fin. El caballero descabalgado, miró como la espada se apuntaba directo a su cuello con la intención de degollarle, y en ese preciso instante sonó la campana que anunciaba el descanso. El que antes fue su agresor le tendió una mano con desgano.

—Pero, ¡qué mala suerte tengo! ¡Justo cuando voy a matar un caballero me suenan la campana!

El caballero descabalgado buscó su yelmo y al mismo tiempo divisó, más que muerto, sobre un campo de penachos y cascos, a su caballo, el maravilloso 50. Sin otra vía que las piernas se abrió paso entre los combatientes que, ahora sentados de manera amigable, departían un sinfín de comentarios: «No manejas bien la espada; si yo te doy en la guardia, tú tira a matar, que si no, cuando se reanude esto, te mato de un golpe». «La verdad yo tengo hambre; lo bueno es que hoy la batalla será corta, como va a llover, y pues no creo que después de la experiencia aquella del plantón de soldados frente al campamento del rey, y la oxidada de las armaduras que les provocó aquella tempestad, les dé por ponerse a combatir con la lluvia arreciando». Estos y otros comentarios el caballero descabalgado fue oyendo por el camino.

Por fin logró arrastrarse hasta la tienda de los caballeros de penachos negros, a los cuales él pertenecía. Éstos, derrumbados sobre los tapetes (que ya no presentaban ninguna señal de bordado), algunos con los rostros sangrientos, otros sin algún miembro de poca importancia: una mano, dedos, un ojo, un pedazo de pierna; nada que todavía les impidiera moverse. Cuando el descabalgado llegó, uno de ellos lo miró con desconocimiento. Entonces, antes de hablarle siquiera, se asomó fuera de la tienda, y una vez hecho esto volvió complacido con los demás.

—No hay que temer; es él, ha regresado sin caballo.

Suspiraron y le tendieron un vaso con vino de perla. No eran muy desconfiados, pero sucedió que antes de que la pelea fuera arreglada, los enemigos les mandaron a un caballero vestido de ellos mismos simulando hacerse otro, y por poco, son tomados en desventaja y por engaño.

—Y bien, ¿cuáles son las nuevas?, ¿qué reclaman los contrarios?

—Pues ellos ya no quieren llevar los penachos blancos.

—¿Qué reclaman?

—Dicen que el blanco se ensucia con mucha fa-

cilidad, y se ha dado el caso de que se han matado entre ellos, no más por la pura confusión de que a la distancia no distinguen con tino si el que cayó a la flecha de ballesta y arco es blanco o negro.
—¿Qué proponen?
—Fuera penachos; sólo yelmos.

Todos recordaron al unísono a Mercedes, que la última vez que cabalgó en batalla sin penacho fue dejando rastros de imágenes eróticas con árabes, cruzados y monjes, mientras los enemigos se tiraban al suelo para apreciar la exquisita función que la Luna vino a regular en blanco y negro. Mercedes desnuda en su mente es más hermosa que su adivinada presencia, adquiere un color de libro antiguo y su boca recuerda las delicias infinitas de los sueños; y si ataca con la vista no hay humano que se le resista al tacto. Por otro lado, ¿cómo sacarla de pelea, si ella es tan fiera, tan temeraria y frágil a la derrota? Podían, si eso se les hubiera ocurrido, mandarla a descubrir algún país perdido acá, de este lado del mundo; una inconquistable para los cautivos de estas tierras, que reconocerían en su voz y temple a una buena compañera contra el enemigo de la misma procedencia, con que no le diera por quitarse el yelmo o el penacho de la cabeza, mientras en la mente se destejía sobre algún noble indio. O quizá, si la imaginación en aquellos momentos les nutriera las ideas, le encomendarían la difícil hazaña de lanzarse a la Luna en una armadura de descomunal tamaño, que le permitiera en ella alojarse. Pero nuestros nobles caballeros, sería por las ya múltiples batallas, no demostraron capacidades adivinatorias. Ni siquiera cuando escucharon: «extranjero a la vista», y todos sacaron sus dineros para comprar las últimas armas del momento, pensaron en enviarla como espía del tercer comando.

Los soldados, mientras tanto, entre compras y un campo gris, recogían los muertos y los apilaban en la muralla de cuerpos que ya tenía una altura de muchos metros con vía al cielo. Un caballero de penacho blanco supervisaba el trabajo.

En la confusión de siempre, pasaron los granos de arena y se supo que era hora de reanudar el combate. Pero, como de costumbre, el destino se equivoca, hace el daño y después... Uno de los caballeros de penacho blanco tropezó la espada con el reloj de arena y éste cayó volviéndose una ciudad de cristales. Claro está, nadie reparó en ellos y salieron sin el menor empacho a destrozarse en la batalla.

Este reloj de arena contenía a un caballero de singular prestancia que vigilaba ferozmente la exactitud del tiempo. Ello era importante, porque tal era su puntualidad que la guerra se regía por la soltura de su fineza amarilla pálida. Ambos combatientes se turnaban el reloj cada semana para dar así la hora.

Viéndose libre el caballero, lejos del cristal y la angostura, le dio por crecer al tamaño de los hombres. Pero, como es bien sabido, las personas de arena no son como las personas de barro, que a su vez son las más inferiores y brutas. Ni las de fuego, que suelan tener amantes de agua para fundirse en personas de humo; ni las de aire, que a veces miran a lo bajo y suspiran, son tan inestables como estos mundanos sujetos de barro, cemento, concreto y arcilla.

Sabiéndose ahí único en su género, y sin más idea que contar las horas, el caballero Arena buscó la salida de la tienda, y por la parte trasera salió como un leve torbellino de polvo amarillento, para perderse allá donde la batalla se escucha como el rumor de un volcán que ronca hierros.

La noche cayó sobre todos y algunos murieron aplastados por la negra baba de esta señora, que sin luna muere de aburrimiento. La protesta de ambos lados obligó a parar de improviso, y gritaban los soldados: «¿Qué pasa? ¿Por qué no han dado la hora?». Se hizo el silencio que recuerda a los muertos y... descolgado de una lanza que sin querer le dio en el pecho, trajeron al muchacho al que en esta ocasión se le encomendó dar el campanazo final, para que el obrero de batalla fuera a descansar.

—El reloj... el reloj está... está hecho una ciudad de cristales en el suelo de la tienda, ciudad rodeada de arena... y el caballero que custodiaba el tiempo se... se ha ido...

Dicho esto vino la hora, todos tenemos una, y se lo llevó al lugar donde te cambian el cuerpo para mandarte de nuevo a algún sitio de los tiempos.

La alarma fue total. Una reunión extraordinaria tuvo lugar en el centro de la discordia (simplemente no recordaban cuál era, quizá fueron las armaduras paradas de otros tiempos, o la pobreza encarnecida en una peste de hambre del siglo sur; tal vez un rey de túnica que amenazaba con seguir en el reino aún muerto, o el tratado de tierras ajenas; lo que importa a la historia es que ahí se reunieron, en el centro de una discordia).

—Y bien, ¿qué haremos?
—Buscar al caballero y volverlo a su puesto.
—Eso puede llevar siglos.
—Ni modo, el destino es el destino, seguirá la batalla.
—Mandaremos a un caballero de cada bando hasta dar con él.
—No, sólo uno, y será Mercedes. Piensen, podemos deshacernos de ella.
—Bueno, uno es suficiente si lo encuentra.
—¿Y si nunca damos con él?
—Seguiremos en la guerra.

Comprendieron que era lo lógico, pues estaban tan embrutecidos por los constantes combates que hacer otra cosa les parecía ridículo e innecesario. E iniciaron un mapa de luchas, a manera un poco de los libros secretos de esas asociaciones llamadas ¿logias, sectas, masones? Retomando quizá un poco de esos mitos iniciáticos que se burlan de los mortales y ponen de relieve lo vulnerable del vulgo. Total, ellos eran los comandantes, los generales, los responsables de la seguridad de una batalla segura, del bienestar de la familia de sus soldados.

Dieron una tregua de unas horas para idear los nuevos héroes, los mártires, las figuras traidoras, las nuevas venganzas, el diseño infinito de expropiación de las divagaciones que pudieran seguir desconcertando a los que mentalizan mucho la idea de la guerra. En una palabra, volvieron a confabularse de tal manera que el mismo tiempo les fuera ya no adverso, sino amigo para enrollar y desordenar la historia.

—Habrá que poner en contra no sólo a los bandos enemigos, sino a los amigos.

—Crear rupturas en las mismas ideas que originaron la idea que ahora escoltamos.

—Renunciar al orden lógico de los acontecimientos. Digan a los mercenarios que se unan a sí mismos y que enfrenten al bando que más les moleste. Que acaparen la atención del mundo. Inventen historias de muerte, entréguenselas a todos y que lo individual se vuelva colectivo en la voz de los juglares, los vendidos y los no vendidos, los conocidos y los desconocidos. Cómprenlos. Porque ya no hay tiempo, porque se ha escapado y aún hay tanto por hacer. Nuestro rey no tiene el final que pueda favorecerle. Y aunque se siente Macbeth, no quiere perder la cabeza.

Después se hizo el silencio. Pero aún están ahí, mirándose unos a otros, como queriendo muy en el fondo discutir. Discutir las historias en las que Mercedes buscará dar fin a la batalla, dar fin a las historias que siguen sin ningún orden en el tiempo...

El canibalismo de los objetos

Para Danielle Trottier

El cepillo de dientes dio la primera mordida. Sí, lo recuerdo bien pese a que el cerebro ya muestra signos de acabamiento, por darle un nombre a esto de perder la cabeza por el sombrero. Me cepillaba los dientes cuando noté la sangre y un ligero dolor en las encías; después, como no era de esperarse, la caída de los colmillos, las muelas, hasta quedar sin ningún vestigio blanco. Yo no comprendía entonces qué estaba pasando, atribuí el incidente a la falta de calcio, o alguna enfermedad de ésas creadas (?) por encargo científico y que uno contrae sin darse por enterado. Compré —no era cosa de desesperarse— mi dentadura postiza y listo. Gran error, pero en fin, ya contaré cómo la ingrata me acabó las encías, si hay recuerdo, pues la pluma con la que escribo ya empieza a morderme.

Tuve que dejar al poco tiempo los zapatos. Una mañana, al querer cortarme las uñas, me percaté de la falta de dos dedos, perfectamente mutilados y suturados. En realidad perdí otro ese mismo día; el cortauñas se llevó, incontrolable, el más pequeño del pie izquierdo; ése era inservible, pero los dos gordos sí me hicieron muchísima falta. Entonces adquirí dos muletas, y por supuesto me acabaron las axilas, mientras el reloj, que no logré quitarme a tiempo, liquidó la muñeca. Salvé un ojo y el otro sucumbió en boca de los lentes. Y ya que hago una referencia a la boca, sería bueno mencionar cómo esas malditas cucharas se me comieron los labios. En un bocado inconcluso a la sopa, los aniquilaron. Los vi retorcerse entre los fideos, mientras la cuchara de postre y la sopera los acosaban, como quien en un mar amarillo arponea un par de delfines nacarados.

Las piernas y partes nobles vieron su fin entre los pantalones y los calzones; evito entrar en detalles porque la prisa apremia y ya llevó un dedo menos. Pero, la verdad, yo no me di cuenta de que algo andaba verdaderamente mal hasta que vi a la sala danzar alrededor de un espejo dispuesto en el centro del salón principal. Cazaban al gato, y el perro ya estaba muerto, dentro de aquel caldero con pájaros de periódico sazonados por el plato. Las lámparas y hasta mi cama —que antes de alocarse daba pequeños mordiscos a mi espalda, en aquellas noches de constelaciones y nublados sueños, cuando aún los objetos eran civilizados y no probaban carne humana— brincoteaban con sacudidos movimientos.

Yo, para hablar con sinceridad, intuí que padecía alguna enfermedad de pérdida de cuerpo, y en mi obsesión por justificar mi mal me imaginaba a los objetos devorándome. No era así, lo prueba mi falta de orejas. Fueron digeridas por los audífonos cuando escuchaba una cassette de superación personal, la misma que saltó del tocacintas para robarse una mejilla pálida.

Escuché, o leí quizá, —porque sólo se leen estas cosas, vivirlas es verdaderamente dañino para la salud, pregúntemelo si no— de objetos que se derriten, hablan y caminan, cosas de fábulas, pero, ¿comer seres vivos? Partiendo de esta premisa, fui con algún interprete o entendido de estas cosas. En ese entonces tenía mis partes nobles y medio cuerpo a lo Nesnas; un poco repulsivo podía parecer a los ojos de los completos, ni modo. Para fines de no parecer exhibicionista, me improvisé un atuendo de hojas y de este modo asistí a la consulta, era natural, ya había adquirido la fobia a la ropa y a cuanto objeto existe. Hizo variantes a mis preguntas y dio su fallo: proyección desenfrenada de mis instintos sexuales y animales sobre los objetos, y ante la imposibilidad de que estos satisficieran mi necesidad carnal, los animaba en mi imaginación para culparlos de mi automutilamiento. De esa manera se explica las perfectas suturas que evitaron me desangrara. Este tipo ignora que estas cosas son profesionales, y posee, aparte del don de la suturación, un líquido o esencia adormecedora que anula el dolor, de manera que uno no se da cuenta cuando está perdiendo un pedazo preciado de su anatomía.

La cuestión es que ya me estoy acabando; quedo sólo cabeza a medio seso, un ojo, la mitad del tronco y un brazo con cuatro dedos... corrijo, tres. La pluma ahora sí muerde en grande, lo cual anuncia mi pronto fin. Escuche: sé que no me cree nada, es lógico, yo ni viendo creía, pero mi relato es una advertencia con moraleja, para ir a tono con la situación: «Las cosas que te han de comer, mejor échalas a correr» o «si al cepillarse los dientes aparece sangre en su cepillo, no vaya al dentista, refúgiese en la selva más cercana, se evitará los bochornos y ahí por lo menos se lo comerán de una pieza».

Medieval cuento

De noche los caballeros descansan. Sólo veo luna cabalgando o estrellas en formación de lucha. Y yo aún no me presento, aún no canto mi hazaña, quizá porque he olvidado cómo empezar, tantos años empolvada la historia aquí, junto al cuerpo en armadura vieja. Soy Catalina Amaranta, de la tierra de los girasoles fijos, hija del rey Ambrosio y del hada Amanda. No se habrá oído de mí, seguro, por perderme en la aventura y muy apenas encontrar el camino para narrarles la única batalla, la única proeza a la que fui enfrentada.

Algunos nacen con dragones para sus espadas; otros triunfan en combates meticulosamente desordenados y sangrientos, cobran botines grandiosos, duermen con seres de sueño. Pero ése no fue mi destino. Algunas son disputadas por príncipes de corazones guarecidos en cristal, o a sus oídos el amor sopla ruidosas alabanzas. Pero ése tampoco fue mi destino. Y mi nombre jamás estará cincelado con el de las bellas princesas y sin pares del mundo. Quizá a un historiador que persiga datos extraviados, no localizables en los textos de la tradición de siempre, pueda interesarle y tomarme como un pequeño olvido, quieto olvido, escuchar atento un paréntesis en la enorme historia donde por casualidad cantaré mi hazaña, cuando salí del reino de los girasoles fijos en busca del no-movimiento. Marché sin pensar en Dios o en la ahora llamada ciencia; me obsesioné con el ir del tiempo, con el crecimiento de las cosas vivas, con la hermética naturaleza. Nací en el silencio absoluto. Bien pudo el transcurrir del Sol detenerse, y por un minuto, piedras fueron a mi lado los súbditos que ansiosos esperaban mi llegada. «Hechizo de hada» dijeron los menos trágicos a mi futuro. «Esta niña finge muerte o le cuesta trabajo enfrentarse al movimiento», y sospecharon en mí mala brujería.

—Amanda, la niña no juega, no juega. Quieta permanece imitando los objetos sin parpadear. ¿Qué extraño encantamiento ha caído sobre nuestra única hija? Amanda, dulcísima Amanda.

Mi padre consultó a cuanto sabio en su momento pobló el mundo; ninguno atinó a darle solución a mi nostalgia innata. Mi madre convocó a las hadas, a los duendes, a las naturales de las cosas que se anidan en los bosques y son de magia noble y pura; a las brujas más perversas, a los magos de más nombre, a los animales cantores de las profecías; ninguno se aproximó a este dolor al movimiento. Y con el crecer del cuerpo me volví obstinada y cruel con mis doncellas, las obligaba a andar lentísimo, con un accionar casi imperceptible, sin importarme las horas que tardaran en abrocharme el vestido o servir una copa de agua.

—Mal sino guarde esta tierra, Señor. La princesa se arma caballero y marcha en busca del no-movimiento. Deja reino, corona y padres para volverse hija de la locura.

Cerraron entonces para mí puertas, ventanas y canceles. Dieron la espalda a la estirpe del nombre, me llamaron Catalina Amaranta, la desterrada del reino de los girasoles fijos. No conocí amigos ni enemigos, y nadie quiso acompañarme en el viaje. Partí sola, sola permanezco, con el cuerpo íntegro, con el alma bien guardada para evitar perderla al maldecir los días recorridos sin encontrar al amo del no-movimiento.

Anduve no sé cuántos campos sobre el mismo campo. Vi no sé cuánta gente en el mismo sitio, donde los mismos campos, al principio cercana a mis costumbres y habla, después tornáronse extranjeros con vestiduras raras y palabras a mis oídos escasas. Pero no abandoné el camino. Seguí en mi avanzar lento, perfeccionándolo a cada cambio de estación, hasta lograr moverme casi una nada en décadas, y una mitad de casi nada en siglos. Todo cobró un ritmo insospechadamente escaso, pasé los años quieta a los ojos de los hombres acostumbrados al movimiento. El caballo murió. La armadura se oxidó por las infranqueables lluvias, y yo me convertí en olvido de tiempo, y los años, confundiéndome, no se acercaron a mí.

Ahora ya no avanzo, permanezco sobre un pedestal de mármol que un joven enamorado de mi inmovilidad llena de vida me ha regalado. Vienen a verme de comarcas lejanas, supongo, por los colores de piel y las vestiduras varias, por las lenguas que hablan, por los artefactos con que me miran, por los libros donde me escriben, por los pinceles que usan para pintarme.

He visto envejecer al joven que aún me ama, pronto se irá, y llora junto a mí. Yo también me aproximo a una especie de muerte, abandonaré el pensamiento, la conciencia de que he existido.

Terminó el viaje, y me di cuenta de que los amos de las cosas vivas, murientes y de muerte, no existen; pero eso ya no importa, logré por fin la meta a la cual sometí el alma: seré no-movimiento, vida estática, pura, sin palabras, y desde ahora sólo me llamaré Amaranta.

Mercado negro

Se descubrió al sospechoso vendiendo su mano entre la plaza Tapatía y la Calzada. Como nadie la quería completa tuvo a bien fraccionar la mercancía y logró, según nuestros informantes, vender índice, pulgar y meñique; el resto pudo recuperarse como bofe para gato que una anciana media miope compró por hueso.

A los pocos días, y después de rematar las piernas a un corredor de bolsa, se le aprehendió por tratar de estafar a un astronauta queriéndole vender su brazo (el que aún poseía mano) como brazo estándar. No pudimos acusarlo en ese momento de competencia ilegal con nuestros proveedores de material humano, porque el astronauta resultó ser hijo de un funcionario influyente. Y una vez más salió en su silla de ruedas a trocarse por dinero.

Una dentista, con la cual el mutilado tuvo relaciones amatorias durante su etapa de genitales —ya los había vendido—, le sacó los dientes rematándolos por docena; también colocó un riñón y un pulmón entre los asociados de un hospital de perdidos. Los ojos, de color nochebuena, fueron adquiridos por un coleccionista de los Estados Incluidos Acá en Este Lado del Mundo, para disecarlos y que su esposa los usara como aretes.

Casi no quedaba cuerpo del delito y no podíamos dar con él como culpable, hasta que le dio un ataque de rematamiento a cualquier precio: «Escoja lo que le guste, llévelo hoy, págueselo a mi mujer o a mis hijos mañana». Ahí ya no tuvo escapatoria, le caímos infraganti y nos lo confiscamos todo, que bueno ya se andaba medio pudriendo.

Fue entonces que llegaron las ambulancias, las averiguaciones, los acontecimientos encontrados, las comadres, los adictos al mercado negro, los cobradores, los ajustadores, un cocodrilo astral, los de la comisión de electricidad, los parientes, los duelistas, los acongojados, los pepenadores de piernas, el comandante Oseo (que pasaba en taxi), los insurrectos, un chófer de camión (por si había que rematar a alguno), los caballeros de mechones sucios retirados de combate, un plaga de pie, el mismísimo laberinto en persona, las parcas por supuesto, un helicóptero, un pintor sin habitación, una sala mordelona, un Juan Diego encadenado, una mente extraviada, una fumigada en recuperación, y tus ojos revueltos con los míos en una tarde donde el «dispara, Tario» no se oyó. Mercedes también acudió a la cita entre el tumulto de personas que miraban cómo confiscábamos al delincuente, y al verlo, ella comprendió abatida que no era el Caballero Arena.

Ese mutilado no tenía vergüenza. Ya rumbo a la cárcel, se atrevió a venderle el hígado a mi compañero, que por poco estuvo tentado de comprárselo. Se le juzgó, se le condenó y se le confiscó lo restante, pasando a posesión del Gobierno, quien acabó por fraccionarlo y vender, para su causa, los oídos, intestinos y el páncreas, entre los otros restos. El corazón se le restituyó a su mujer como herencia, y si mal no recuerdo, le ofrecí una pequeña suma por el mismo; el mío ya no camina como antes.

El colgado

Para Tatiana Lobo

Cuando empezaron a llegar ya estaba colgado. Todos reían y gozaban el espectáculo.

—Órale, fórmense.

Tomaron su lugar y se hizo una fila enorme. Algunos traían látigos, otros palos, la mayoría piedras y por ahí, dos o tres, cuchillos entre las ropas.

Los ojos del colgado estaban muy abiertos, fijos en la gente; la lengua de fuera.

—A ver, tú primero. Dale, pero no te mandes para que a todos nos aguante.

El hombre asintió y le dio cuatro latigazos. A cada golpe gritaban emocionados: «¡Así, dale al méndigo, que sienta lo tupido!»; «¡acuérdate de cuando te encerró en la cárcel!»; «¡reviéntale la espalda al infeliz!»; «¡dale, dale!».

—Ya, ya, que hay más todavía.

Subió después un anciano con un palo macizo; comenzó a propinarle golpes en las pantorrillas, en las rodillas, en los muslos. Los ojos le brillaban de gusto.

—¡Basta, basta! Te lo vas a acabar y luego cuál chiste.

El griterío se condensó al máximo cuando el viejo bajó: «¡Bien hecho, Agustín, para que se le quite lo ratero!»; «¡a ver si así, tullido, se atreve a algo!»;

«¡eso y más se merece el cabrón por abusivo!».

El turno fue para cuatro muchachos, que cargaban piedras enormes y empezaron a lanzárselas: «¡Vieja el que falle una!». La rechifla se animó más. «¡Ándale, rebájame el sueldo!»; «¡despídeme de la fábrica!»; «¡anímate a quitarme la mujer!».

—Está bueno, párenle, hay más raza todavía.

Una señora subió; miró al colgado con asco, con odio. Se acercó despacio y sacó un cuchillo que traía escondido: «¡Te voy a capar, animal!». El griterío no se hizo esperar: «¡Eso no se vale!»; «¡quítenselo, no vamos a alcanzar!»; «¡pinche vieja ventajosa, mira nomás qué abusada!». Dos hombres la agarraron con fuerza, en la confusión otra mujer logró colarse, tomó el cuchillo y alcanzó a sacarle un ojo y le escupió en la cara después. «¡Ve nomás lo que hizo ésta, así a uno no le va a tocar!»; «¡cuídale, cabrón, ésa ya se adelantó!»; «¡yo me pasé toda la mañana haciendo cola, para qué, ésa que ni ficha trae ya se la cobró!».

—¡Cállense! Vamos a reforzar la vigilancia.

Se hizo un silencio porque un torbellino de polvo se acercó hiperviolento hasta el colgado. Se detuvo de golpe. Era Mercedes, que con ingenuidad miraba el cuerpo del ahorcado. Lo tocó y supo entonces que no era el Caballero Arena. Sonrió, sacudió con fuerza las riendas de su caballo y desapareció imperiosa.

Volvió la calma acompañada con gritos de conformidad y alegría. Al cabo de unas horas pasaron al frente los inscritos dándole sus recuerdos al colgado. El hombre que dirigía el espectáculo subió la voz para hacerse oír:

—Hoy estuvieron muy bien, ¿a poco no se siente bien bonito?

Se escuchó un sí general, estaban realmente felices.

—¡Qué bueno, así me gusta! Ya saben, dentro de una semana otra vez aquí. Ahora jálense para sus casas. ¡Ah!, se me andaba pasando, no olviden su cooperación para repararlo.

El dragón de la princesa [1]

El dragón de este pedazo de historia perteneció a una princesa tan delgada como un fragmento de persona, tan bella como una manzana sin abrir. Imagínatela dentro de un cuadro, sosteniendo la cadena de su dragón, mientras éste come rosas de fuego, que se dan entre los acantilados y la neblina.

A la princesa fragmento de persona la debían en matrimonio a un príncipe, como a todas. Pero ella no quería casarse con ninguno de esos elegantes hombrecitos de corona a la cabeza y túnicas azules; por ello se hizo de un dragón que le espantara los pretendientes. El dragón era fiel y manso, además de que cantaba música de viento y solía contarle historias de caballeros que por su fama fueron dibujados en los Tarots.

Vivían los dos entre felices y armoniosos en una cueva, cueva situada más allá de las lejanías, lejanías a las que se llega desmontando los ojos abiertos, para cabalgar en un deseo de estar allí donde lo

---

[1] El relato que en breve leerá fue extraído del ya desaparecido y vuelto a encontrar Dragonario, de un deslector anónimo. Si usted desea más información sobre este intratado, puede empezar a inventarlo con la autorización de la Sociedad Protectora de Fauna Imaginable, la cual yo no presido. Y si no, espere un poco, que ya me daré tiempo para encontrar mi anónimo que dio luz a este texto.

que se busca se encuentra. En ese lugar el dragón la ocultaba, y si algún osado quería poseerla, lo ahuyentaba con su lengua de fuego o lo tragaba, según fuera su estado de ánimo y dependiendo de la posición de la Luna o del Sol sobre su cuerpo.

Nunca falta un príncipe necio, de ésos que creen que con nadie se estará mejor que con ellos, y al mirarse al espejo se dijo: «Yo soy el elegido para desposar a esa mujer de raros procedimientos, mujer que al amor no acude porque de mí no ha tenido noticia». Se le ocurrió entonces la idea de salvarla. Le advirtieron, le predijeron, y él, terco, se aferró a ir por ella.

—Le quitaré su perla mágica y así podré matarlo.

—Eso dijeron los otros y nunca volvieron.

—Los otros no eran yo.

—Si no fuera porque voy deprisa en busca del Caballero Arena, te ayudaría en tu hazaña, pero el deber está antes que la aventura.

Y Mercedes, que había aparecido tan remotamente, siguió su camino por otras líneas.

Después de varios días de silencio, el príncipe necio llegó a la gruta y se escondió entre dos arbustos de «olocanto» dormidos, que si no ya no sería motivo de esta historia. Observó cómo la princesa fragmento de persona y su dragón jugaban a las carreras de caracoles, apostando quizá ella un beso, quizá él un viaje a alguna parte del cielo. Y no es que fuera ventajoso el príncipe necio, pero lo atacó por la espalda cuando visiblemente su caracol iba a cruzar la línea de meta.

Le arrancó la perla, más con suerte que con astucia, y al tener frente a él a aquella bestia indefensa, que en penoso intento no pudo escupir llamas y en vez de un rugido exhaló fragancia de rosas, le atravesó con su espada el cuerpo vulnerable. El dragón cayó muerto a sus pies.

Antes de que la princesa pudiera pronunciar una lágrima, el príncipe necio la subió a sus sueños y la llevó al castillo de la suerte. Ahí la pobre joven se tocó el corazón y comenzó a pintar dragones en todas las paredes de la morada. Tanto lloró y pintó, pintó y lloró, que el príncipe convocó a cualquier hada o brujo que pudiera ayudarle, para suplicar un deseo y acallar a su ahora esposa reina, que ya de tan gorda parecía doble persona (la comida es un buen consuelo).

—¿Qué deseas, príncipe necio?

Era un hada que, de tanto ser pronunciada, por fin se dignó asistir.

—Sólo un dragón manso para mi atormentada esposa.

—Dragón, qué petición extraña; yo por lo general aparezco otras cosas, pero veamos si con tres conjuros y una escupida de murciélago puedo cumplir vuestra desesperada demanda.

Y haciendo en el aire palabras mágicas, y pidiendo un rayo de sol, una uña de gigante egoísta, un recuerdo de importancia y una manita de reloj, logró poner en el viento la esencia de un dragón. Ésta fue a ocupar una de las pinturas hechas por la ahora reina doble persona, que en verdad se había convertido por la desgracia en una excelente muralista. La esencia ocupó el cuerpo del que más se parecía al dragón que por traición fue muerto, y salió de la pared con los ojos color plata y las escamas en verde tifón. Se posó ante la mujer y sin perder nada de tiempo se la llevó de regreso a las lejanías.

El príncipe necio volvió a llamar al hada con un mensaje de lágrimas.

—Se ha ido, se ha ido con el dragón. ¿Por qué?

—Tú me pediste un dragón para ella, para calmar su tristeza, no que ella te amara.
Y dicho esto, se esfumó muy despacio.

Dispara, Tario

—Dispara, Tario.

Y él lanzó una escopeta al aire para defenderse del granizo. Lupana lo miró con pena mientras teñía de mostaza su saco pie. En sus ojos existen reproches alados o ¿salados? Ambos estornudan y los círculos de hielo se encienden en sus cabellos, y la piel se nubla de vellos color tarde.

Lupana recuerda el recogedor aquél con el cual conoció a Tario, ¡qué basuras aquéllas! Dulces pedazos de papel en la memoria. ¿Qué se desvestía Tario? ¿Un reloj de escalera? ¿Un abrigo de atún? Ya no le suena ninguna imagen.

—Dispara, Tario.

Y él muerde la escopeta para ocultar el eco de los dientes al caerle por debajo un montón de agua limón. Ahora los reproches salados los condimentan con unas palmaditas en la espalda del *morido*, bueno casi muerto de nieve jamón, estorbo.

—¿Por qué me anulé contigo en aquel horrible matamiento? ¿Cómo pude ser tan igual habiendo tantos sufrimientos en el mundo? ¿Por qué he de levantarme con el horror equivocado?

En el principio fue lo mismo que al final, un fatídico inicio *finalesco* o ¿*felinesco*? Si se tratara de una gorda con ojos de luna; pero Tario la reconoce infestada en dureza o ¿pureza? Toman aposento en un troncal edificio, y ambos desordenan las gotas de burbujas trasparentes.

—Ahora sí, Lupana, ¿disparo?
—Tario, olvídalo —y le da un paraguas.

La uña del dedo gordo del pie

Para Flora María Aguilar

Quizá fue el agua salada que empezó a brotar inundando mis zapatos, luego ese olor a sal, o el pequeño grito de «¡Dedo a la vista!». ¿Cómo saberlo? Tal vez fue el hechizo de esa mujer llamada Mercedes, que pasó junto a mis ojos preguntando por el Caballero Arena, mi señor. Qué se yo, de pronto, ya no podía caminar; no inmediatamente, claro, hubo un lapso de varios días antes del gran acontecimiento. Ahí estaban, pequeñitos e insaciables, parecían horas de un diminuto reloj. Siempre trabajando, construyendo no se qué cosa en la uña del dedo gordo de mi pie. «¡Esto es una plaga!», grité en una noche tan desesperada como yo, por el maldito ruido que hacían los martillos de esos diminutos seres.

Amanecí con fiebre y con un rumor de muerte en los oídos. Y no sólo eso: apareció, erguido y majestuoso, un pequeño castillo en la uña del dedo gordo del pie. No me levanté. Entonces, no pude más acompañar a mi señor, éste prometió volver con algún entendido de enfermedades constructivas sobre los cuerpos. Pero si vuelve ya no me reconocerá.

Quedé tirado y a la deriva de esta plaga constructora, observando con detenido disimulo cómo podaban mis piernas, cómo hacían de mis vellos leña y domaban a otras plagas indistintas a sus formas para comerlas o adiestrarlas en la carga de mi piel.

Y seguían avanzando, intempestivos, misioneros de una obra gigantesca y escandalosa. Pasaron muchos años o muchos días, para mí todo se detuvo. Vivía no sé cómo, y perdí el movimiento.

Hubo una guerra, ...o dos, o ¿diez? Se dividieron el cuerpo, quizá en cuatro o seis. De tal manera que hoy tengo un ermitaño ocupando mis fosas nasales y un par de islas en la humedad de mis ojos. Mis oídos han decidido explorarlos; buscarán metales o algún líquido precioso para mover esos inventos en mí varados.

Ahora han descubierto el otro lado de mi cuerpo, donde sólo un puñado de ellos habitaba, y lo han reclamado como suyo, en una batalla que sólo la espalda resiente. Los antes dueños son esclavos y todo lo virgen se ha vuelto despreciable. No hay diferencia, soy dos lados iguales.

Acabado, perdido, en disfraz, nadie podrá reconocerme. Soy preso de una enfermedad extraña, de un avasallamiento continuo, e incluso creo alucinar y ver al Caballero Arena a galope entre lo espeso de mis bosques, rumbo al mar, y detrás de él, sin que se dé cuenta de que lo sigue, va Mercedes. Quizá él o ella me llevan como sueño en su cabeza, sueño sorpresa, donde yo me imagine caminar sobre un mundo como el que hoy me habita.

Imagínatelo todo en blanco y negro

Para Sandra Carvajal

Un reloj de pared en blanco y negro. El tic-tac. Nuestros ojos recorren esa pared donde el reloj pende precipitado en la nada. Y al ir avanzando sobre ese desierto blanco, vemos monstruos infantiles, dibujos infantiles de monstruos colgados con tachuelas. El tic-tac. Nuestros ojos ahora bajan hasta el piso, pasan cerca de la cama, del buró y la lámpara, apenas unos fragmentos de ellos se pueden distinguir. El tic-tac. Ya dispuestos los ojos en el suelo, los hacemos caminar por los mosaicos conteniendo flores prosaicas. Y ahí, sin faltar, existen unos zapatos colegiales, y tendidas, muy cerca de sus suelas, unas calcetas blancas. El tic-tac. Continuamos, siempre observando; no se puede hacer más. Ahora, la pata de una mesa, de un escritorio tal vez, y dos piernas delgadas, un pie sobre otro. Lo importante es la mano que desciende hasta la pantorrilla y ahí se ancla en un leve movimiento. Parece una mano mansa que abandona lo bajo y vuelve a elevarse; nosotros vamos tras ella. Da la vuelta a la hoja de un libro con trazos en color que muestran la espalda de una niña, parece que va abrir una puerta. Pero ahora vemos la cara de la niña, de la niña que lee el cuento de la otra niña, la habitante del libro en color. Nosotros estamos en blanco y negro. Sonríe, eso lo notamos al alejarnos un poco de ella, la apreciamos dividida a la mitad por la mesa, que se encuentra en el centro de la habitación. Y, al poner su pupila dilatada en las nuestras, todo gira, como si nosotros estuviéramos en el centro, y el cuarto circula en torno a los cuerpos que poseemos. Vértigo. ¿La niña? ¿Dónde quedó la niña? El tic-tac. Después, unos ojos en color, sólo unos ojos que se descubren tras la frente que invadía el espacio de la mirada, asustados ven la hora, aunque ese reloj pareciera no dar la hora nunca. Se levanta intempestiva y con ella el color. De abajo hacia arriba, la imaginamos como la hija de un gigante descalzo que se apresura a vestirse los pies. Un zapato ofrece resistencia. El tic-tac. No se abrocha las cintas, apenas se alisa el pelo. Abre la puerta, sale y nosotros detrás de ella.

Toma su violín, corre por la casa y la sensación de su carrera nos acompaña. Su mano aprieta la perilla de la puerta que da a la calle, sólo su mano nos importa ahora, pues no es del color de nosotros. Al salir, el tic-tac se duerme, y ella ya es niña nuestra. Camina con prisa por la acera, la vemos avanzar como si dentro de un auto fuéramos tras un sospechoso. Escuchamos sus pasos y música, la música que habita en el violín que no conversa, música que ella oye y la hace niña nuestra. Algo pasa, sale del encuadre de la vista, y nos ocupamos ahora de unas botas que enfundan dos piernas largas; la siguen. Van tras ella como nosotros, sin las manos del peligro que se acerca. Ya están los dos en el encuadre, una respiración agitada ocupa todos los sonidos. La niña lo escucha, él ya está muy cerca. Nosotros nos detenemos ahí. Corre, corren, corremos, todo se mueve, los árboles, los autos, las casas, la gente. El hombre ha quedado de espaldas y giramos para distinguirlo, pero ahora la niña nos muestra su espalda. Se va el color. Él le quita el violín, lo besa y entre su pecho lo aloja. Lo lleva al callejón, lo toca, le desviste las cuerdas, le araña el dorso, termina estrellándolo contra el muro después de sudar sus dedos, mientras llora la niña. Los ojos del hombre sobre nuestros perdidos cuerpos que se disimulan sombras, la niña también nos mira, con sus pupilas dilatadas nos succiona y nos reprocha aquello. Corre, corren, corremos, ellos en distintas direcciones, nosotros a los ojos de la niña, que nos quiere cerrar el camino para volver. Aún así logramos colarnos hasta su cuarto y volvemos a habitar en sus dibujos. Está molesta. Señala con el dedo a algunos de nosotros y al terminar de hacerlo nos desprende del desierto blanco. Mueve la cabeza como si no creyera lo que intenta, y lo hace, nos estruja, nos tira al cesto de papeles. Sonríe a medias. Se sienta en la cama, los zapatos y las medias caen al suelo, sus piernas se dirigen a la mesa, se sienta, los pies se rascan mutuamente, la mano desciende apenas unos segundos para volver a elevarse hasta el libro, libro que contiene ilustraciones en blanco y negro, donde una niña lee un libro, y en el cesto de basura, con letras mayúsculas, se lee «PERDON, NIÑA NUESTRA». El tic-tac; después la imagen de un reloj en color que pende de la pared. El tic-tac.

Técnicamente humanos

V

Para Carlos Bustos

No sé si soy un vampiro o he dejado de serlo. No me lastima la luz y ya no bebo sangre. He perdido mi memoria en algún momento medieval, cuando cazaba con la fuerza del caballero y no me importaban los pensamientos. Ahora, en este siglo de puertas futuras, no hay nada para mí, porque nadie piensa, nadie siente. Camino entre cuerpos y ninguno, casi ninguno, logra asombrarme. Sí, yo maté sin más colmillos que una mirada y unas palabras justas, así cedían ante mí mis amantes; yo delicadamente les tomaba para oírlos y bebía toda su tristeza, su angustia, y sin darse cuenta ya eran míos. Con modales sensuales les recorría el cuerpo en espera de que alguno de ellos, cualquiera de los pocos escogidos, se acercara a mí y me tomara, como yo lo había hecho. Ninguno lo hizo, no hubo fin en sus palabras, como si nadie los hubiese escuchado nunca, como si fueran caracoles fosilizados por sí mismos. Entonces yo los rompía, adueñándome de sus palabras para hilarlas a un collar de cuencas, para colarme hasta sus sensaciones más ocultas, porque no temí amarlos. Pasaba mis dedos por la boca saboreando sus deseos, sus lamentables frustraciones; sufren, siempre sufren. Sin embargo, percibía la pureza en ellos, la fragilidad de quien busca que lo amen, «yo también lo deseo», pude decirles, pero no lo pronuncié, esperando quizá a que alguno me leyera el pensamiento; no sucedió.

Y así, con la certeza del fracaso, inicié relaciones, finitas, fatales e inconclusas. Después, la cólera se apoderaba de mis sentidos induciéndome a matar. La violencia se coló por los pasillos de mi escasa conciencia y liquidó a cada uno de los imperfectos compañeros del viaje eterno. Los abandoné en el desgastante ir y venir de sus palabras, mientras lloraban sus discursos frente a una hoguera que volvería cenizas sus lenguas para siempre. Pero antes, un abrazo incontrolable sobre ellos, donde descansaba mi propia tristeza, la que se funde con mi víctima, y mirar cómo se marchan sin esperanza de ningún retorno, cómo mueren para mí.

En tiempos pasados, cuando era mi persona ingenua, y besaba cualquier boca, y bebía la lujuria impaciente de los pocos atrevidos, cuando era una impertinencia muy fuerte, creía, aún creía y me asombraba el mundo y sus mortales. Ahora el desencanto no tardará en enterrarme y alejarme de todo lo que emana vida, ¿vida? Quisiera volver a ser el caballero de antes, el que mataba sin desvelos, sin la codicia de retener para siempre a sus víctimas como si le fueran pertenencia. Tener esos encuentros casuales y proscritos, seguir siendo fugitivo de la sangre, beberla, sin oírla, sin saborear más que el encanto del momento, sin querer internarme más allá de los estados de las causas primeras y fatales. Volver a ser el centro de las cosas, yo, sólo yo, y así regresar a la mítica resolución de las realidades.

Quisiera ser el caballero que tú buscas, Mercedes, ese hombre arena que se escapó del tiempo. No me mires así, no soy él y no me disfrazo, soy un vampiro que no bebe sangre, y no teme a la luz. Sabes, tú me asombras, pero no voy a tomarte, te quería para mí, y tu búsqueda es lo más importante...

—No, no me tomarás porque yo sí te he escuchado, porque yo he leído en tu mente el secreto que resguardas: tú puedes amar, pero nunca dejarás que nadie te ame...

Mercedes, creo que ya es tiempo de enterrarme.

Donde estés tú yo dejo un ojo

(Sueño de una mujer araña)

No sé amarte sin desprenderme poco a poco, des-h-ojándome como una flor trágica de alguna histeria paralela. Si la vida me mira desde sus cuerpos con sentido y todo, yo multiplico esa imagen para regalártela donde te meses, donde te escampes.

Te conocí sin las formulaciones de nombre y ésa es. Caíste aquí, y a cada paso que das pierdo un ojo, porque quiero que guarde él lo que dejas por el camino, y se convierta en un diario de imágenes, de aromas o sonidos, o de alguna sombra que sin querer cayó de tu boca cuando intentabas hablarme a mí o a otra.

La noche va creciendo sola y sin ese tiempo de días, la parte izquierda ya no mira nada y la derecha poco a poco va quedando sin ventanas que cobijen tus pasos de alocado distanciamiento. ¿Por qué yo tuve a bien de ti enamorarme, humano de dimensiones descomunales? Se acaba la tela, se acaban los ojos, y queda el veneno que me obliga a tomarte. Si no despierto del sueño, si no es que esto no existe, morirás conmigo cuando el último ojo se apague.

El signo astral del caballero Arena

Se ajustó el último corchete para cerrar la greba. Movió el cuello para ver si los gorjales que lo protegían no quedaban muy justos en el arnés. Notó que un guardabrazo le impedía un buen deslizamiento, lo aflojó con cuidado. Con un trapo, que tuvo a bien darle su paje, terminó de darle brillo al peto, luciendo aún más las dunas que parecían ondularse al contacto del Sol o la Luna. La armadura no era de las más perfectas, ni poseía el grabado más hermoso, ni reclamaba reino o ducado, pues este gentil caballero pertenecía a las tierras de los relojes de arena. Ahí había forjado su infancia a puñales, defendiéndose cada vez que caía al otro extremo, pues la espada que pendía entonces de su cintura era muy ancha para poder mostrarla a los monstruos y villanos, que él imaginaba siempre encontrarse del otro lado mientras se deslizaba por la arena.

Y entre granos cada vez más finos, la vida le iba a parar. Pero el destino es delincuente de quien se muestra austero, y rompió su guarida de cristal lanzándolo al mundo (eso ya lo sabemos).

Una mañana se despertó con la intención de leerse el futuro en las manos, en los ojos, en el cielo, de saber por qué su paje se tatuó un escorpión en el brazo y dice que debió ser Capricornio, ese terco que siempre llega a ocupar el cielo; por qué el caballero Roble le dijo ser hijo de Júpiter por nacer bajo Sagitario, el arquero lleno de fuego. Por qué el aguador es Acuario, y su planeta, Urano, le da la propiedad del aire, aire con los aromas más embriagadores del mundo; por qué el fiero guerrero nace bajo el signo de Aries y goza de la voluntad más noble blandiendo su espada a dos filos con Marte y Plutón, mientras desgajan sus ojos violentos a las más temibles bestias. Y Libra, una balanza que cobija la belleza del monstruo y de Venus, procediendo como una pantera que arrebata los conocimientos labrándolos en ópalo y fresno, mientras que un Leo con la melena de todos los azules reclama el triunfo de monarca por ser hijo del Sol. La virgen y los gemelos, una y dos en un triángulo de perfección y desdoblamiento sin pausa, entre Mercurio que fabrica alquimistas de tierra y aire. Le hablaron de Piscis y de Cáncer, en aguas de luna que Neptuno navega retirando los lirios, haciendo a un lado el clavel que Tauro ha manchado de rojo por la locura de embestir un almendro.

Él quería un signo como todos los caballeros, como todas las doncellas y los monjes y los pueblos; él quería gritar que era así porque las estrellas le cobijaron esa suerte y no otra. Y tomó el camino que lleva al lugar de los astrólogos, que se turnan los ojos para no dejar de mirar el cielo. Fue, sin que otra misión le impusieran, a la tierra donde nacen telescopios de los árboles y los mapas astrales son los libros de todos los días, donde un hombre sólo habla de constelaciones y con ellas, donde las conversaciones más doctas son cosas de mundanos fuegos.

Cabalgó lo suficiente para hacerse a la idea de llegar a ese sitio, su paje lo abandonó por el camino arguyendo una plaga en la uña del pie. Cabalgó hasta dar con una estrella que pendía en la tienda de una mujer con los ojos más llenos de mares y de cielos que nadie ha poseído, su nombre era Mercedes, pero nunca lo dijo. Quiso ser amable y levantar la visera, pero la bisagra y el pivote se atascaron inevitablemente, y tuvo que quitarse el casco, mostrando su rostro arena, su pelo arena y sus ojos arena que al mirarla se tornaron negros. Y ella lo asoció con un eclipse.

—Mujer: quiero, si adivina eres, saber bajo qué planeta he nacido, cuál es el elemento de mi fortaleza, la piedra, el color, cuál amuleto debo usar en mi carrera, qué flor por aroma debo ocultar en mi guantelete. Mujer: soy arquero, soy pez, toro, navegante; aire, tierra, fuego, agua; tengo destino o me lo voy improvisando o no tengo camino para cabalgar fuera de las arenas.

Y Mercedes no dejó de sobrevolarlo, tomó su mano, que carecía de líneas y se las pintó con un ámbar tomando de modelo la suya. Después dispuso desnudarlo y le recorrió la piel como si fuese un país extraño, a fin de conocer las formas que aquella figura, a modo de desierto, bajo la armadura disimulaba. Preguntó el día y la hora del nacimiento, si fue de noche o de mañana, y el caballero a nada de esto pudo contestar.

—No lo sé, mujer, y por ello nada puedes tú decirme.

—Eso para mí no es importante.

Insinuó trabajar los siguientes días a fuerza de lunas y de lluvias, sólo para tenerlo cerca. Y por fin, el signo astral se dibujó a su boca. Llamó al caballero, que hizo guardia afuera de la tienda con la paciencia que enseña el caer de la arena.

—Tu signo es de Siempre. El planeta que te rige está entre tus ojos arena y los míos de mar. Tus colores se desprenden de todas las frutas y tu piedra es la del cometa. Los números que te depara la suerte están entre los infinitos, y el día que mejor te acomoda puede desprenderse de alguna semana con ocho días. En cuanto a las flores que debes regalarte, ya las pintará un hombre que se cortará una oreja, y tu árbol son los bosques y tu animal un bestiario entero. En cuanto al futuro que de ello se desprende, no podría ser mejor: servirás al amo más feroz y grandioso de la tierra, haciendo guardia por la eternidad a sus pies y en sus múltiples orillas; serás caballero de Arena, defendiendo su final de su principio, sin par del mar.

Mercedes

(a manera de epílogo)

—Si lo encontré, no lo reconocí, o no quise reconocerlo.

Y al decir esto, hizo memoria de sí misma. Se miró las manos y supo que ya no había más tiempo, que quizá en otro encuentro con las líneas, que aunque faltaba un sinfín de eternidades, ella sólo estaba para una. El Caballero Arena puede estar en cualquier mente, y hay tantas como espuma.

No hay manera, no hay regreso al orden si sólo existe el caos, su doble debe de andar perdido en alguna reunión de cabildo celestial. Debe volver a la batalla, con el fracaso sin comienzo, decirles a todos que deben seguir, el lado uno contra el lado otro, hasta encontrar alguna manera de poner intermedios al asunto del quién es quién y para quién mandan.

—No lo reconocí, quizá no lo busqué, quizá no quise encontrarlo.

Otras historias extraviadas

EVA ENTRÓ POR LA VENTANA

Para O. González Terrazas

I

/r/ompió el cristal y se metió en mi cama. Yo no hice nada. Me quedé quieta.
—Soy un sueño. Me llamo Eva.
Dijo.
Yo volví a dormir con esa certeza. Cuando desperté ella seguía ahí, a mi lado, con esa respiración uniforme de los que siempre están tranquilos. Sin hacer mucho ruido me puse en pie. No quería despertarla. Sólo me acerqué a la ventana y miré los vidrios rotos sobre el suelo. Los toqué tan precipitadamente que me corté el dedo. La sangre salió como un pequeño encuentro azaroso. Iba a limpiarla cuando me asaltó el deseo de tocar, con ese dedo ensangrentado, el cuerpo dócil de Eva. Pero me contuve y suspiré. «Si yo pudiera dormir así...». Quizá por eso no la desperté: porque ella estaba tan tranquila.

II

Cuando salí a trabajar pensé que Eva era un cansancio mío. Una alucinación tardía después de un duelo muy triste por la muerte de mi padre; por el trabajo atrasado, constante; por una madre enferma, necia; por las presiones económicas; por el ir y venir de aquello que irremediablemente va y viene sobre nosotros: pequeños triunfos y mortificaciones. Y ahí, con todo eso encima, recordé a mi padre, parado frente a mi puerta, justo antes de apagar la luz para que durmiera.

—Cuidado con los fantasmas, si crees en ellos, aparecen.

III

En mi cubículo intenté retomar la rutina diaria y olvidar el incidente de la noche. Me tranquilicé y comencé a ordenar mis papeles. Sin embargo, y después de un rato de dudarlo mucho, tomé el teléfono y marqué mi número. El timbre sonó varias veces, sonreí, todo había sido un sueño, demasiada presión en mi cabeza, demasiadas... pero descolgaron el auricular:

—¿Sí?

Toda la voz se me quedó en la garganta y sólo atiné a pronunciar:

—¿Eva?

—Sí, soy yo.

Quise colgar, sin embargo, era yo la que debía dominar la situación:

—¿Todo está bien?

—Sí. Tardé en contestar porque me estaba duchando.

—¿Duchando? ¿Y encontraste las toallas? Están justo al lado, en el mueble de color verde. Si están rasposas es porque yo no les pongo suavizante, tú sabes, no secan bien...

Me llevé la mano a la cabeza, no podía creer lo que estaba diciendo. Toallas, suavizante...

—No hay problema, a mí así me gustan también.

—Si tienes hambre, en el refrigerador hay comida.

—Ya me preparé algo.

—Ah. Bueno, pues adiós.

Cuando colgué sentí que ya no tenía cuerpo. Era un inmenso vacío que me arrastraba hacia dentro de mí, donde había un vacío mayor: yo. Y cuando casi estaba a punto de tocar esa nada, de dejar de estar ahí con todos mis convencionalismos, me dije: «¿Qué me pasa? Ahora mismo voy a mi casa y saco a esa tipa». Luego me vino ese mareo y me senté, la boca seca, como todos mis pensamientos, como todas mis emociones, como todo a mí alrededor. Llegué a pensar que si tocaba la pared o el escritorio, o simplemente una de mis manos, se desmoronaría el mundo. Traté de organizar mis ideas. ¿Cómo pude dejar yo a una extraña en mi casa, salir a trabajar y sólo tener como referencia su nombre? Además, ¿por qué entró por la ventana? E imaginé la escena, pues sólo sentí su mano tibia como en un sueño. Pero ella no era un sueño. ¡Había contestado el teléfono!

Entonces reflexioné sobre la posibilidad de que en esos momentos en mi casa ya estuvieran metidos varios desconocidos, hurgando en mis cosas, bebiendo, comiendo y destruyendo. Robando. Sonreí. ¿Qué podrían llevarse? Sólo tenía muebles viejos, libros y alguna que otra cosa de valor. Todo recuperable, salvo las fotografías, un anillo de oro, recuerdo de mi padre, junto con su detector de metales y un mapa falso para encontrar un tesoro. Si eso se perdiera, pensé, me dolería, sólo eso lograría hacerme sentir algo. Pero no, Eva no podía ser una ladrona. Pudo haberme matado cuando entró por la ventana. O atarme. O golpearme. O secuestrarme. Nada hizo. Se metió en mi cama y me dejó dormir. Sin embargo, podía ser peligrosa. No más que yo, en todo caso, mira que dejarla entrar así como así, y permitirle tantas confianzas... Quizá la sorpresa de su llegada intempestiva me desarmó, me confundió.

IV

Caminé toda la tarde. No quise ir a casa y encontrarme con ella. Tenía muchos problemas acumulados en todas partes como para tener otro, justo ahí, donde no deseaba ninguno. No quería verla. No sin antes saber cómo hablarle, qué decirle. Fui, sin darme cuenta, al café donde mi padre y yo solíamos conversar. Me senté en la mesa de siempre y el mesero de costumbre se acercó a tomar la orden. Me relajé. Encendí un cigarro y dejé de preocuparme un momento. Fue cuando llegó el café que invadió todo mi organismo y me incorporó el pensamiento. Di un trago y comencé a mirar todo aquello con otros ojos, quizá con los ojos de alguien a quien le gustan los hábitos y va ahí todos los días para sentir que es alguien, porque ocupa un espacio y lo reconocen en ese espacio. Ahí nadie me preguntaría por Eva, ni por mis problemas. Me sentí de buen humor. Se hizo de noche. Volví a casa.

V

Cuando entré Eva seguía ahí. Me puse nerviosa. Era mi casa y parecía yo una invitada invadiendo un espacio perfectamente mío. ¿Cómo podía estar invadiendo mí propio espacio? Quedé quieta en la entrada unos segundos, vacilando... Por fin, Eva habló.
—Hice la cena.
Yo la miré y agregué contrariada:
—Qué amable, no había necesidad...
—Es lo menos que puedo hacer si voy a vivir

contigo.

¿Vivir conmigo? No supe qué decir. Ella hablaba con tanta naturalidad y se movía en la casa con tanta displicencia que me pareció de mal gusto cortar ahí, en el recibidor, sus expectativas de vida... conmigo. Sonreí nerviosa.

—Vamos a cenar camarones.

—Odio los camarones.

—Pues no hay más.

Comí en silencio y agradecí que ella también lo hiciera, no estaba para conversaciones. Recuerdo sólo que la miraba constantemente mientras ingería esas bestias marinas. La miraba con la curiosidad de quien se encuentra absorto dentro de un salón de espejos en una feria. Te reflejas en ellos diferente, como podrías ser, como podrías haber sido. Eva interceptó mi última mirada y yo bajé la cabeza, apenada de haber sido descubierta no observándola, sino añorando estar en esa feria frente al espejo que te refleja diferente, como podrías ser, como podrías haber sido...

VI

Agradecí la cena. Le dije que yo lavaría los platos. No se opuso y se fue a mi sillón a leer. Cuando terminé el aseo de la cocina, me retiré a mi habitación sin dirigirle la palabra. Yo no quería hablar ni que me hablara. Ya vería mañana la manera de sacarla de la casa, no tenía por qué estar ahí. Yo vivía bien sola, la soledad me sentaba bien. Me acosté en mi cama. Miré la ventana sin cristal, por donde el viento se colaba. Cerré los ojos. Puse mi mano sobre ellos y quise dormir. Dormir. Pero sólo soñé.

Estaba con mi padre. Él excavaba en el suelo de un convento. Sólo eso recuerdo, a mi padre cada vez más dentro de aquel hoyo que comenzaba a cobrar dimensiones intolerables.

—Aquí hay oro.

Dijo y continuó excavando. Por fin, se oyó al fondo un ruido. La pala pegó contra algo duro. Mi padre salió consternado, emocionado. Se sentó a mi lado y encendió un cigarro.

—Ya se hace de noche, hija.

—Papá, eso que sonó allá abajo, ¿será un tesoro?

No contestó. Cuando terminó su cigarro encendió otro y otro, hasta que me venció la noche. Me quedé dormida dentro del mismo sueño. Pero volví a despertar, mi padre no estaba. Me asomé al hoyo y sólo encontré un silencio pavoroso.

—Ningún tesoro, como siempre.

Dije. Después volví a recostarme sobre mí misma hasta quedar dormida.

VII

Abrí los ojos. Eva dormía a mi lado. Me sentí extraña al estar junto a ella, de mirarla dormir, de envidiar su sueño, su reposo. ¡De que estuviera acostada en mi cama! Me levanté. Quise abandonar la habitación, fumar un cigarro, para después luchar contra el insomnio que me ganaba la batalla hasta la madrugada. Pero, al salir, la puerta hizo un ruido extraño, y junto con ese sonido agudo vi una sombra deslizarse por la pared del salón. Me acerqué lentamente y encendí la luz asustada:

—¿Quién anda ahí?

—Sólo Eva.

¿Eva? Si ella duerme en mi cama ahora y yo... Apagué la luz, corrí a mi cuarto y me metí en la cama. Ella seguía ahí y la sombra afuera. Cerré los ojos, no los volví a abrir hasta que amaneció.

VIII

Me estoy volviendo loca o tomando conciencia de las cosas. Por eso no hice mucho ruido, por eso no le dije a Eva, ni a nadie, que veía sombras y sentía miedo, mucho miedo. Por eso dejé que ella se quedara en mi casa, leyera mis libros, durmiera en mi cama y me importunara con sus cosas. Eso pensaba mientras recogía unos papeles sobre el escritorio de mi estudio. Luego, me di cuenta de que Eva había dejado un libro entreabierto, un libro, ¿mío?, no lo sé, me pareció diferente. Tal vez por eso sentí curiosidad de leer la página abierta, quizá por ello me atreví a inmiscuirme en esa página. Dejé de lado los papeles que estaba recogiendo y leí:

El sueño de Hara fue raptado por las nubes de la noche. Se lo llevaron lejos adonde la lluvia lo mantuviera despierto. Se lo llevaron en dos caballos plateados que la luna negra les prestó. Por órdenes de Ryu lo encerraron dentro de una roca blanca custodiada por la vigilia. Ryu odiaba a Hara porque éste tenía sueños hermosos y placenteros, mientras que él sólo pesadillas negras. Por eso aprisionó entre las paredes blancas el sueño de su amo. Siete días pasó encerrado el sueño de Hara, porque al octavo día vio, disimulada sobre lo alto de la roca, una ventana. Subió hasta ahí y con la fuerza de su aliento rompió en mil pedazos los gruesos cristales del día para volver a la noche. Cuando Hara tuvo al sueño de nuevo en su cabeza, y no las pesadillas de Ryu, una mariposa le indicó dónde podría encontrar a su enemigo. La mariposa lo condujo hasta el centro mismo de su palacio donde se alojaba el maligno traidor. Ryu, cuando vio la cólera en los ojos de su amo, quiso conver-

tirse en un cuervo y huir. Mas la espada de éste le alcanzó antes y le cortó la cabeza. Cuando ésta rodó por el piso salieron las pesadillas de Ryu en forma de serpientes negras, que metió en una bolsa de seda y tiró al mar. Hara, desde entonces, tuvo más cuidado de sí mismo y no contó nunca más sus sueños.

Sonreí al terminar de leer la historia, definitivamente el libro no era mío. ¿De dónde lo habrá sacado? Apagué la luz y me fui a mi habitación. A Eva la pude distinguir en la cocina moviendo trastes y hablando sola. Yo no quise llamarla. Sólo quería dormir. Pero el sueño se murió de repente en mi cabeza cuando descubrí una mariposa aleteando nerviosa en mi cuarto, lista para partir a algún lado. Me aterré por la coincidencia y salí a buscar a Eva. Al llegar ambas a la habitación, la mariposa ya se había ido.

—Debiste seguirla.

Dijo.

IX

Y veía sombras por todos lados. Eso comenzó a inquietarme pues se hicieron más constantes con el arribo de Eva. Ahora hasta en el trabajo me las tropezaba, las descubría, ahí, moviéndose como si yo no las observara. Se sentaban sobre las sillas, se recostaban sobre el librero, o se acercaban entre ellas para bailar o abrazarse o decirse algo al oído. Yo intenté evadirlas, hacerlas a un lado, pero ellas insistían en reafirmar su presencia. Aparecían en los momentos menos oportunos, cuando estaba en una junta de trabajo, o dando una clase, o de compras en el mercado. Ahí estaban, como en un teatro donde se representan escenas extrañas, y me obligaban a cerrar los ojos para concentrarme en mis tareas cotidianas. Sombras gigantescas o minúsculas que escenificaban batallas, subían y bajaban de los muebles haciendo piruetas de circo, cantaban a coro, mutaban en animales o cosas, se burlaban de mis interlocutores haciéndome, a veces, perder la compostura y esbozar una sonrisa. Con el tiempo comenzaron a imitarme, de manera que, al entrar a cualquier sitio, me veía a mí mismo haciendo lo que había hecho antes. A veces hasta anticipaban mis movimientos. Y cosa curiosa, no perdí mi sombra verdadera. Pese a ser seducida por las otras, nunca olvidó la compostura y quedó atada a mis pies.

¿Por qué tenía tantas sombras en la cabeza?

X

—Háblame de tu padre.
Dijo.
Yo me quedé muy quieta, mirando por la ventana, fumando un cigarro. ¿Cómo hablar de mi padre? ¿Qué decir de él? ¿De qué manera recordarlo? Si no hubiera sido todo tan repentino. Si hubiese tenido tiempo para aprehender su muerte, también lo hubiera tenido para retener sus modos, sus maneras, sus pensamientos, sus recuerdos y sus deseos. Mas de pronto ya no está ahí, y ya tu vida flota sobre tu vida solamente. E intentas recordarlo, y no es posible, porque el tiempo se lleva las facciones, los ademanes, las expresiones, su olor. Miras las fotografías, es él, pero no es el mismo que recuerdas, porque ahí se ve plano y distante, sin la dimensión que tú esperas inútilmente darle en el cerebro. Tampoco está en ninguna parte su afecto, su manera de acercarse a ti para decirte alguna cosa sin importancia y rutinaria, para ayudarte en las pequeñas labores que detestas: las compras, el mecánico, los albañiles y el fontanero, la casera y los vecinos. No, no se puede hablar

de un padre así, simplemente, sin caer en el abismo de lo dicho siempre, sin atormentarse un segundo porque ya no te acuerdas bien y te acuerdas perfectamente, pero no se expresa, porque ya todo se vuelve como abstracto, porque él deja de ser carne y se vuelve una idea. O una sombra como las que ahora percibo en cualquier muro, deslizándose por lo mío y por lo ajeno. No, Eva, yo no puedo hablar de mi padre, debí decirte, y sólo atiné a contestarte:

—A él le gustaba buscar tesoros.

Y seguí fumando.

XI

—¿Es verdad que vives con alguien?

Me preguntó Antonio, inquieto.

—No estoy segura.

—¿No estás segura?

—No lo sé. ¿Sabes?, entró por la ventana.

—¿Quién?

—Eva.

—Ah. Pudo usar la puerta. ¿No crees? Me gustaría hablar con ella. Conocerla.

—Es rara, no sale de casa. Sólo sé que lee y habla poco. Más adelante, tal vez...

—¿Trabaja? ¿Tiene familia? ¿Dinero? ¿Alguna responsabilidad?

—No lo sé. Entró por la ventana, ya te dije.

XII

Cuando llegué a casa, Eva había pintado el mar en las paredes del salón.

—Es el Pacífico.

Dijo.

Por eso tenía olas altas y se agitaba intranquilo.

A mí me gusta el océano Pacífico, yo nací cerca de él. A mi padre también le agradaba ir a verlo, sobre todo a las zonas donde más se agitaba, donde arrastraba todo como si la furia se gestara ahí, en el corazón de sus olas. Yo creía a veces, cuando nadaba mar adentro, que ya no regresaría, porque ahí, entre la violencia y el cielo, nunca se sabe si se saldrá vivo. Eso era lo más excitante, el no saber si saldrías vivo. Y aunque estaba contenta de tener al Pacífico metido en el salón de mi casa, tuve que reprimir los deseos creativos de mi invitada:

—Eva, no puedes pintar mi casa así como así cuando te dé la gana.

—Con esto ya no vamos a ver sombras.

Caí en el sofá desconcertada. Yo no le había contado nada sobre eso.

—¿Sombras?

—Sí, la casa está llena de sombras.

—¿Tú las ves, Eva?

—Sí, pero no son mías.

—Mías tampoco.

—Pues entonces vamos a ahogarlas.

No se ahogaron porque eran mías, como las pesadillas, como todos esos recuerdos que no salían de mí sino sólo para torturarme. Pues siempre estaba triste e insatisfecha, y porque no sabía por qué siempre estaba triste e insatisfecha. Así de simple, así de certero, sin más explicaciones, pues no hay explicaciones. Porque todo acaba reduciéndose a palabras. Y para describirnos necesitamos recurrir a las frases de siempre: esto es como una infelicidad nata, un hoyo en alguna parte del cuerpo. No hay explicaciones. Es así porque al sentir no pensamos, o porque sentir es un pensamiento que yo no quiero hurgar. Las sombras siguieron y yo me acostumbré a vivir con ellas. Cada quien tiene su tragedia y la lleva como puede.

XIII

—¿Dónde está el mapa del tesoro de tu padre?
—No sé. Guardado. No me enfades, quiero descansar.

Eva comenzó a abrir los armarios y a sacar todo. Luego siguió con los cajones, con los anaqueles, revisó debajo de los muebles, en la alacena, en el baño, en los libreros.

—¿Dónde está?
—Por ahí. No recuerdo dónde lo puse.

En verdad había olvidado donde estaba. Y le di la espalda, quería dormir, necesitaba dormir, todo ese insomnio acumulado comenzaba a destruirme los nervios. Además, tenía que pagar al médico de mi madre, las medicinas, la hipoteca, y Eva sólo quería el mapa.

—Si lo encuentro, prométeme que vamos a buscar el tesoro.
—Cuando tenga tiempo.

Eva se calló. Y me alarmó que se quedara en silencio, así, de repente. Me senté en la cama, ella ya no estaba ahí. Le grité, no contestó, instintivamente miré hacia la ventana, nada, sólo el viento entrando ligero.

XIV

Eva había sacado el mapa de mi padre y lo tenía sobre la mesa del comedor —lo encontró, cuando yo lo había olvidado—. Lo observaba como si ella fuera un verdadero buscador de tesoros. Atenta. Con su dedo iba recorriendo aquel territorio amarillento. Luego hacía anotaciones en unas hojas de papel.

Las hojas estaban llenas de equis. Equis por todas partes. Equis que habían saltado de las hojas y se internaban en el suelo, en las puertas, en los vasos, en los platos, en algunos cubiertos también —para ser exactos, sólo en las cucharas—. Equis en mi bata de baño. Equis en mis pantuflas. Equis en el piso de mi recámara. Equis en el techo de la cocina. Equis en la taza del sanitario. Equis en las sillas, equis en sus manos. Equis en las mías también, pues cuando llegué se apresuró a pintar dos enormes equis en las palmas de mis manos. Las equis no eran iguales. Eran diferentes en todos los casos. Delgadas. Gordas. Espectaculares. Insulsas. Cautivantes. Barrocas. Renacentistas. Medievales. Góticas. Maquiavélicas. Angelicales. Despiertas. Dormidas. Hambrientas. Escurridizas. Inquietantes. Reveladoras. De fuego, aire, tierra y mar. Equis recostadas o alineadas. Equis. Montones de equis. Recortadas. Pegadas. Pintadas. Bordadas. Algunas se preparaban en el horno. Otras eran hielo en el refrigerador. Eva y sus equis invadían mi casa.

—Sólo una es la buena. Tenemos que encontrarla y ponerla aquí en el mapa.

—Eva, es falso. Nadie te vende el mapa de un tesoro.

—Pero tu padre lo compró.

—Mi padre estaba loco, como mi madre, como todos.

Grité furiosa. Eva me miró calladamente. Siguió concentrada en las equis y en el mapa, recorriéndolo con su dedo. Yo me recosté sobre una enorme equis que descansaba sobre mi sofá y me puse a mirar el mar negro que amenazaba con cubrirme. Mar con peces dorados, con sirenas, con barcos hundidos arrasados por quedarse a la deriva. Sí, a la deriva, pensé. Peces, sirenas y barcos que se van muy lejos a morir. Equis y mapas. Cerré los ojos...

XV

Después soñé (rutina).
Era niña. Estaba en la vieja casa de mi infancia. Sentada en las escaleras de piedra miraba hacia el final de la escalera, sorprendida de que estuviera tan oscura. Me levanté y descendí. Con la mano toqué el principio de la oscuridad y la sentí aterciopelada. La acaricié con curiosidad. Introduje mi mano dentro y aquello era tibio. La retiré. Me disponía a entrar en esa noche bajo techo cuando cientos de ojos de pájaros se abrieron ahí mismo, en la entrada oscura. Era una cortina de pájaros negros. Comenzaron a mover las alas, a revolotear, a sobrevolarme y yo los seguí. Me cansé de caminar y quise detenerme pero los pájaros me obligaban a seguir. Se despejó el horizonte y a lo lejos vi a mi padre cavando. Corrí hasta él, no decía nada. Por fin, le pregunté: ¿Por qué te moriste? ¿Por qué me dejaste aquí en medio de todos y de todo? Él se volvió a mirarme con unos ojos muy oscuros como los de los pájaros de antes. Nada dijo. Se levantó y se convirtió en cenizas.

XVI

—Voy a renunciar, Antonio. Ya no quiero trabajar aquí. Estoy muy cansada.
—¿Y qué vas a hacer?
—Buscar un tesoro.
—¿Y quién va a cuidar de tu madre, de tus cosas?
—No sé.
—¿De qué vas a vivir?
—Del tesoro, cuando lo encuentre.

—Debes decírselo a tu madre. Pensar bien las cosas.
—Sí. Algo haré.
—¿Lo sabe Eva?
—No, hoy se lo diré.

XVII

—Eva, vamos a ir a buscar el tesoro del mapa.
Ella me miró calladamente y no me contestó. Yo tampoco agregué más, encendí un cigarro y me quedé mirando por la ventana. Luego me fui a ver a mi madre. Durante el trayecto fui ensayando la mejor manera de contarle mi... idea. Mas cuando la vi aproximarse me invadió una tristeza enorme. No, esa no era mi madre. Era su espectro. Eso que dejaba ahí, en la silla, la enfermera, era una sombra, como las que veía por la casa, por dondequiera. O era un recuerdo, un azaroso recuerdo que yo no escogí. Y me acobardé, no pude hablar. Ella, además, no decía nada. Se sentó dócilmente, se quitó los lentes oscuros. Y le vi los ojos, donde sólo pude encontrar confusión, que sí tiene un rostro. Era ése, el de mi madre. ¿Cómo se puede terminar así, despojada de lo que se creyó ser durante tanto tiempo? ¿Cómo mirarse al espejo después de una cincuentena de años y descubrirse reducida a la incapacidad de reconocerse, de que te reconozcan? Al final, uno acaba mostrando su verdadero rostro: sol o desvanecido viento de la nada. Después de unos minutos en silencio le hablé:
—Mamá, voy a dejar el trabajo. Pero todo va a estar bien.
—Hija, ¿por qué?
—Voy a buscar un tesoro.
—Puedes hacerlo los fines de semana, como tu

padre.

—No, así no se puede, a medias.
—Y ¿te vas a ir?
—Sí, a buscarlo.
—¿Y yo? ¿Me vas a dejar?
—...
—¿De qué vas a vivir?
—Del tesoro, cuando lo encuentre.

Luego bebió un poco de agua y me llamó con otro nombre para pedirme una cita, pues le dolía la espalda y necesitaba un masaje. Después comenzó a hablar de cosas que eran mitad invento, mitad pasado y al final se puso a llorar. Yo no pude abrazarla ni consolarla, pues el mar me tragó de un golpe y me varó muy lejos. Mi madre me miraba entre lágrimas sin decir nada, las sombras también me miraban sin decir palabra, y Eva, ¿dónde estaba Eva? Aquello sabía a vértigo. A puro abismo. Fue cuando sentí la mano de la enfermera sacándome de ahí.

—El doctor quiere hablarle sobre un nuevo tratamiento.

Sonreí e intenté ponerme en pie para ir a verlo. Fue cuando mi madre habló:

—Mi hija se ha ido.
—Si no me he ido, mamá.
—Es igual, ya no está. ¿Qué voy a hacer?

Le acerqué unos pañuelos desechables y eso avivó el llanto. Estuve a punto de llorar también, no sé ni por qué, porque yo nunca sé nada de mí ni de los otros. Quizá en el fondo sí, por eso se acercó una sombra y me condujo a la salida sin ver al médico.

XVIII

Esa noche Eva me abrazó muy fuerte. Yo miraba la ventana cerrada y con el cristal nuevo, por fin se lo había puesto. No lloraba, e ignoraba las sombras que irremediablemente infestaban la habitación. Cerré los ojos para sentir el tibio contacto de las manos de Eva.

—Vete a buscar el tesoro del mapa.
Dijo.
—No puedo, Eva. Debo estar aquí.
—Yo puedo quedarme en tu lugar, si tú quieres.
Me levanté y la miré a los ojos.
—¿Lo harías?
—Sí.

Tomé mi bolso. Ella sonrió y me miró calladamente. No quise ni pensar ni dudar, aquello era una certeza, tenía que serlo... Lo hice, sí, rompí el cristal y salí por la ventana.

Los anaqueles del Señor Rioja

I

Y porque era hermosa le trozó la voz. La siguió después del ensayo, sigiloso, paciente. Cuando la tuvo en buena posición, la agarró por la espalda y la cortó de un tajo, limpio y certero. Luego, el señor Rioja puso la lengua en un frasco con una preparación extraña para ahogar la tristeza de no volver a escucharla nunca. Sin embargo, estaba en extremo entusiasmado de tenerla para sí junto a sus otras cosas. La colocó con cuidado en uno de sus anaqueles, entre dos recipientes, uno contenía un ojo color ciruela, el otro una mano histérica. Éstos le dieron la bienvenida mientras miraban al señor Rioja llorar emocionado, apoyado en la ventana.

—Ya se le pasará —dijo el ojo observando a la lengua que se agitaba nerviosa.

—Sí, tranquila querida amiga —se apresuró a contestar la mano—. Te acostumbrarás a estar aquí y a la sensibilidad cursilona de este coleccionista.

II

La encontró casi desierta entre un cráneo insípido carcomido por los años. Estaba intacta, pálida ante la luz de la linterna, manifestándose como un magnánimo descubrimiento en medio de aquel cadáver putrefacto. La tomó con cuidado y la condujo a su casa, mientras su imaginación comenzaba a distribuir líneas en bosquejos mentales, excitado de encontrarla cuando ya nada parecía posible. Y ella se convirtió en el centro de sí mismo, porque era la belleza. Recuerda que la examinó con violencia, con una emoción que lo obligó a dejar de hacerlo para tomar un respiro, mientras se apoyaba en la ventana y lloraba un poco, como era su costumbre después de encontrar tan valiosa pieza.

Esa oreja lo envenenó, sí.

Era tan perfecta... Jamás envejeció, ni se volvió un pedazo de carne insensible, cetrina, que se pudre con el tiempo. No, esa oreja era inmortal, y lo supo por su procedencia, y por ello la guardaba en una pequeña caja de caoba con su interior acolchado de terciopelo rojo, que ocupaba un lugar privilegiado en sus anaqueles. Se obsesionó con ella, e intentó en diversos materiales atraparla, poseerla. Al principio hizo cientos de bocetos y dibujos, pero después sólo conseguía silencio. Un silencio blanco sobre la hoja. Sus manos se negaban ya a dibujarla, a pintarla, a esculpirla.

Además, la oreja se había vuelto insolente y se giraba sobre sí misma mostrándole su envés, porque ya estaba harta de esa soledad, muy gastada, sobre el trozo de terciopelo rojo. La notaba distraída, más pálida y frágil que de costumbre. No parecía alegre, ni siquiera un dejo de emoción se manifestaba en ella cuando él la colocaba sobre diferentes fondos para dar más lucidez a su belleza. La oreja parecía fatigada de posar en posición erótica, mientras el señor Rioja ponía título a su último intento: «La oreja maja». O de fingirse un San Sebastián, cruzada por flechas cuando le insertaba pequeños alfileres. De ser la oreja encadenada de una loca princesa a la que pretendía un dragón. De vagar sobre un cerdo en un jardín buscando las delicias. De mirarse infinita en un salón de espejos que le devolvían su imagen cansada e idéntica. De ser una madona cargando un niño, o de mirar en perspectiva cómo dos campesinos la observan, con desconsolada mirada, dentro de un inmundo cesto de mimbre. Sin contar los múltiples ensayos de ser el dije perfecto para una infanta terrible. O caer en el blanco y negro de algún grabado cifrado en ajedrez.

Harta estaba de no tener más compañía que la del señor Rioja, pues no podía ni ver ni conversar con los demás objetos y trofeos del coleccionista. Y sin palabras, porque las orejas no hablan aunque sean hermosas, le insinuó que ya era hora de buscarle compañía. Consiguió su cometido. Él, hastiado de su actitud, la sumergió en esa agua de sustancias extrañas, la metió en un frasco común, y la colocó en el anaquel más sucio, más lejano y olvidado de su estudio. La oreja, desde lo alto, ahora sí podía contemplar y ser contemplada por toda aquella colección, que la miró un segundo y no le hizo más caso. Todos en su momento habían pasado por lo mismo y todos en su momento habían comprendido ya lo mismo: la belleza no basta.

Un buscador familiar

Siempre caminó animosamente entre los puestos del baratillo. Con sus ojos bajo los lentes de sol intentaba disimular su entusiasmo cuando caía de cuclillas para mirar fotografías perdidas.

—¡Qué casualidad! Tiene usted la foto de mi bisabuela y está junto a sus dos hermanas Lola y Jacinta. ¿Cuánto cuestan?

Y el señor del puesto del baratillo lo miró con curiosidad y morbo:

—¿Seguro que son sus parientes?

Preguntó burlón mientras recogía las fotografías para dárselas a Adolfo, que sin consternarse volvió a preguntar:

—¿Cuánto por las tres?

—Deme veinte pesos.

Sacó unas monedas y pagó las fotografías. Después, con una profunda satisfacción, se alejó del barullo de aquel lugar y fue directo a su casa para buscar su álbum y pegar las nuevas fotos. Lo sacó de un cajón donde no guardaba nada más que sus recuerdos. Al abrirlo se manifestaba su historia, porque ahí estaban sus familiares adquiridos: viejos tíos marinos, cansadas primas lejanas, ricos cuñados de tías bisabuelas, con los cuales él había perdido el contacto desde hacía muchas generaciones, amantes del abuelo de su padre, hermanas bastardas del padre del abuelo, con niños que seguro también eran parientes. Todo un árbol genealógico que iba en aumento, pues todos los domingos, después de su caminata por el baratillo, alguien más se incluía en el álbum. Álbum negro cargado de muertos y recuerdos casi suyos, casi ajenos.

A él le gusta rodearse de parientes importantes, llenos de gracia, de ingenio, porque él quiere reconocerse así, sólo así. Ya no podrán decirle nada aquellos viejos compañeros de escuela, aquellas antiguas figuras que le dijeron que él no tenía a nadie. Luego venían los golpes y él caía mientras los desmentía con el rostro pegado a las celosías, sin poderse levantar porque un enorme pie le apretaba la mejilla con fuerza y lo confinaba al suelo.

Adolfo se sacudió aquellas imágenes muertas y sonrió, pues había encontrado a su bisabuela. Antes tuvo otra, pero a esa la quemó pues no le resultaba tan bonita como la recién aparecida. La primera fue una distracción, un tropiezo, culpa de una emoción impaciente cuando ve y no observa bien las fotos. A la desafortunada impostora la confundió, la tomó equivocadamente entre aquel montón de retratos. Pero ya el pequeño error se ha disuelto, su verdadera bisabuela materna descansa junto a su esposo, un bigotón revolucionario de alguna parte del mundo, nuevo o viejo, cercano o lejano.

A él le gusta pasar horas y horas meditando sobre las imágenes pegadas en su álbum. Están ahí, viejas, húmedas y algo raídas, pero están, siempre están. Puede hablarles, sonreírles y gritarles. Puede. Su angustia se disipa lentamente cuando mira a Mariana, la tía abuela de su madre. O cuando habla con William, el profesor inglés, amigo y primo político del hermano del bisabuelo Rafael. Y así pasan sus días, entre la rutina del trabajo y la búsqueda familiar. Cerró su historia con pastas negras, encendió un cigarro y reflexionó sobre su familia. De su pasado tiene ya a todos sus parientes, pero su presente inmediato es vacío, sórdido vacío.

—Quizá ya debo buscar a mi familia cercana. Pensó.

Porque necesita buscar a los abuelos, a sus padres, a sus tíos, a sus hermanos. Había postergado un poco el encuentro, pues aún no terminaba de conocer las historias de su familia vieja, de sus antecesores. Quizá también porque sabe que resulta más difícil localizar a una buena madre, a un padre digno, a unos hermanos honestos y agradables, a sus tíos y primos. No puede ir al baratillo y comprarlos; ahí no están. Debe salir a la calle y buscarlos. Debe incluirse en las fotos. Debe elegir con cuidado. Debe estudiar a cada uno de los que formarán parte en el álbum negro. Es una tarea ardua, pero Adolfo se intuyó como un buen cazador por un poder otorgado gracias al conocimiento tan a fondo de su vieja familia: no puede equivocarse en las futuras elecciones. Ya es tiempo de terminar de buscar. Ya es tiempo de que él compre una cámara y salga a capturar la imagen de su familia.

Las búsquedas nos dan la satisfacción de los encuentros y, así, él encontró a su padre. Un abogado cincuentón que nunca faltaba a su despacho. El traje impecable, la cabeza en alto, los clientes satisfechos, las manos grandes. Y lo eligió porque era bueno, porque hablaba fuerte, porque quería a su familia verdadera y aparecía con ella en las fotos. No era de ésos que sólo tienen a los hijos ahí, como frías postales. O a la mujer cuando podía lucirse con dignidad. No, él era un apasionado de todos los años junto a su familia, eso lo conmovió, eso lo inclinó a tomarlo a él y no al dueño de una agencia de automóviles. Durante varias semanas lo siguió de un lado a otro y lo retrató en distintas acciones. Después lo contrató para una asesoría legal sobre un terreno ficticio que iba a heredar de una abuela inventada, aún sin imagen, por supuesto.

Con la audacia que dan los años de un buscador familiar, Adolfo le preguntó si podrían tomarse una fotografía juntos, pues su abuela desconfiaba de aquellos a quienes no les conoce la cara. El abogado accedió a tan extraña petición. Adolfo puso en automático la cámara y corrió a abrazar sin mucho entusiasmo, para no crear sospechas, a su padre. El flash los bañó a los dos con una luz casi familiar.

El encuentro con su madre fue menos afortunado. Adolfo la encontró en una licorería comprando una botella de ron. Sospechó que su madre andaba con problemas de bebida y eso no le gustó nada. Pero le cautivó el color de sus ojos y la forma de sus labios y decidió ayudarla. Ella pensó que Adolfo era de esos muchachitos que se dedican a atrapar a mujeres cuarentonas buscadoras de carne joven y vida propia. Se veían dos veces por semana en el parque para hablar de tonterías, pues a Adolfo no le interesaba saber nada de su otra vida, ni de los problemas con su verdadero esposo. Él ya le tenía uno mejor en espera, allá en el álbum negro. Tres o cuatro semanas fueron suficientes para reunir el material. Fotos bonitas. Fotos casuales de su madre y, por supuesto, de él junto a ella, dándole un beso en la mejilla. Esa fotografía le gustaba bastante, pues fue un momento tan amoroso, tan afectivo e íntimo. Dejó de ver a su madre, pues ya no le interesaba la realidad de su vida, sino la ficción de la próxima.

A sus abuelos paternos los localizó en un cafecito del centro de la ciudad. Adolfo cayó fascinado por la dulzura con la cual cada uno se buscaba las manos para sentir compañía. Definitivamente aquellos ancianos eran sus abuelos. Así pues tomó las fotos de rigor y él, en esta ocasión, no quiso incluirse en la escena. Él los quería de esa manera, solos y sólo para él.

La abuela paterna le preguntó la hora en un almacén. Era tan educada, tan elegante y ese pelo color zanahoria le hechizó. La acompañó a hacer sus compras con el pretexto de que era idéntica a la mamá de su papá. La anciana, con algo de desconfianza, se dejo acompañar. No hubo más remedio, por más resistencia que puso no pudo convencer a Adolfo. Luego, insistió tanto que fueron a una cabina y se tomaron unas fotos juntos. Esto último aterrorizó a la anciana, pues no veía la hora de abandonar a ese jovencito tan entusiasta de su persona. Por fin, a lo lejos, vio a su hija quien agitaba su mano llamándola. Adolfo observó como desapareció entre la gente. Sintió un poco de desolación pero logró sobreponerse, pues su álbum negro lo esperaba, y ahí estaría su madre y su padre, sus otros abuelos, para consolarlo. Regresó a la cabina de fotografías a recoger los impresos y se percató de que la anciana había olvidado el bolso. Lo tomó. Se fue directo a casa.

Una vez ahí vació todo el contenido sobre la cama. Con cuidado examinó aquello: pañuelos de papel, cosméticos, notas de tintorería y de compras, un cepillo para el pelo, un perfume y la cartera. Abrió esta última y con asombro salieron a su encuentro fotos de niños —seguro sus nietos—, de unas mujeres —hijas suyas, suponemos—, y una que lo cautivó en extremo: era el esposo de ella. Sí, ése de ahí era su abuelo. La sacó de la cartera y la colocó en su álbum junto a su nueva abuela. Lo demás lo acomodó con mucho cuidado en el bolso, lo regresaría, sólo por la curiosidad de conocer al abuelo en persona.

Al día siguiente, y después de salir del trabajo, se fue sin pensarlo mucho a la casa de la anciana pelo de zanahoria. Con una emoción contenida tocó el timbre. Apareció una señora con mandil:

—¿Qué quiere?

Adolfo pensó en la idea descabellada de decirle «soy el nieto de la señora de pelo color zanahoria», pero se contuvo y sólo agregó:

—La señora olvidó este bolso en el almacén y quiero dárselo... personalmente.

La sirvienta lo miró con recelo pero lo dejó pasar sólo hasta el jardín. Después regresó y le dijo:

—La señora no está pero deme la bolsa.

—¿El señor tampoco?

—El señor murió hace dos años.

Cuando escuchó esto no pudo contener unas lágrimas que cayeron sin remedio por su cara. La sirvienta, con mucha consternación, no supo qué hacer y simplemente lo echó de la casa. Adolfo, sin poder contener el llanto por la muerte del abuelo, caminó sin rumbo durante más de dos horas. Después fue a casa. Al día siguiente avisó al trabajo que estaba de duelo. Se pasó toda la mañana mirando la foto de su abuelo, no podía recuperarse de la pérdida, era el pariente que Adolfo más quería, el confidente, su modelo de niño y quién sabe cuántas fantasías más cruzaron su entristecida mente.

Una semana más tarde, un poco restablecido ya de la muerte del abuelo, empezó a meditar sobre el futuro y se dio cuenta de que todos iban a morir algún día. Y, claro, él debía ser menos sensible e ir acostumbrándose a ello. Pasar más tiempo con la familia, la del álbum negro; eso era lo mejor.

Volvió al trabajo más conversador. Iba a alguna que otra fiesta donde ya no hablaba únicamente de los viejos parientes, sino que incluyó a su madre y a su padre, a sus abuelos e inventó —bajo el efecto del alcohol— que tenía cuatro hermanos, tres hombres y una mujer. Total, ya los buscaría. Todos le decían que era un tipo afortunado por tener un ambiente familiar tan agradable. E incluso alguna que otra secretaria insistía en ver la foto de su mamá, pues por ahí alguien les dijo que era muy guapa. Lleno de satisfacción, Adolfo sacaba una foto de la cartera y la mostraba con el orgullo de un hijo verdadero.

—Adolfo, qué bonita es tu mamá. ¿Tienes alguna de cuando era joven?

Entró en un sofoco mental terrible. No tenía fotos de su madre cuando era joven, ni de su padre, ni de los abuelos y... debía tenerlas. Abandonó la fiesta con el corazón estrecho y la respiración sofocada. Pasó dos noches sin dormir, revolviéndose en los pensamientos, buscando salidas, y no las había. Decidió conseguir las fotos de su familia lo más pronto posible, primero las de su madre, pues era la más solicitada en las reuniones. Afortunadamente tenía la dirección de la casa, ella se la había dado hacía tiempo, cuando quedó de llevarle copias de las fotos que se tomaron juntos, cosa que nunca hizo.

Durante varios días observó el lugar donde habitaba su madre. Anotó los horarios de entrada y salida de sus ocupantes. Recorrió mil veces el sitio, aprendió de memoria los detalles en su exterior y, por fin, decidió entrar a tomar en préstamo las fotografías. Pues él no era un ladrón, era el hijo de la señora de esa casa, su hijo más querido.

Entró por la parte trasera, justo del lado del jardín. Rompió un cristal y abrió la ventana. Sin perder tiempo en detalles buscó desesperadamente los álbumes familiares. No, no los encontraba. Su frustración se elevó al máximo y comenzó a tirar cosas sin darse cuenta de la hora. Buscaba, buscaba, sólo buscaba... Y así, en ese estado de abandono, no se percató de que uno de los hijos llegó a la casa. Cuando estuvo frente a él, Adolfo lo tomó con fuerza y le ordenó que le dijera dónde estaban los álbumes. El jovencito, aterrorizado, temblando como una imagen frágil, casi sin color, lo condujo hasta donde éstos se encontraban. Adolfo soltó al adolescente y comenzó a hojear los volúmenes perdiendo de nueva cuenta la noción del tiempo y del lugar donde se hallaba. Minutos después, el mismo muchacho regresaba con una pistola y le apuntaba directo al cuerpo.

—Quédese donde está hasta que llegue la policía.

Adolfo le sonrió, tomó las fotografías que ya había escogido y quiso salir corriendo del lugar sin medir las consecuencias. Debía llegar a colocarlas en su álbum negro. Pero el muchacho se interpuso en su camino, ese jovencito que bien pudo ser su hermano. Adolfo lo miró a los ojos y descubrió que, efectivamente, tenían la misma mirada, un poco fuera de este mundo. Sí, reflexionaría sobre la posibilidad de incluirlo en su familia. Fue cuando volvió a escuchar su voz

—Ya he llamado a la policía, quédese donde está o disparo.

Adolfo intentó quitarle la pistola y forcejearon un poco. Después se oyó un disparo sordo que encontró refugio en el cuerpo del adolescente. No podía creerlo, él había matado a su hermano. Porque en ese momento aceptó esa fraternidad, mientras la sangre corría por sus manos y manchaba las fotografías que desfallecían en el piso. Entonces, Adolfo abrazó fuerte al muchacho contra su pecho, no supo qué otra cosa hacer. Lloró. Lloró hasta que llegó la policía. Luego, la familia del jovencito y por último su madre, que le dedicó la mirada más cruel, expulsándolo para siempre de ese paraíso filial.

Y lo arrojaron en una celda fría y oscura. Lo interrogaron hasta el cansancio sobre el móvil de aquel injusto asesinato. Le confiscaron toda su historia, todo su pasado y lo devolvieron a una realidad tan insólita. Por fin fue condenado a prisión perpetua, sin entender bien por qué su padre, abogado de oficio, no se presentó a defenderlo. Por qué su madre lo desconoció como hijo y lo condenó al encierro. Por qué sus abuelos no van a visitarlo. Por qué la abuela del pelo color zanahoria no movió sus influencias para atenuar su condena. Y sobre todo no entendió por qué la familia es tan cruel, aun cuando se imagina.

De *Registro de Imposibles*

Tatuajes

Para Margarita Báez

I

Desde hacía varias noches, la amante se afanaba en descubrir qué imagen se formaba con esas piezas. Esteban disfrutaba mucho mirándola, agitada, llevar sus ojos de un lado a otro de su cuerpo buscando ensamblar en su memoria las piezas. La reconoció como una mujer obstinada, ninguna de sus otras parejas, transitorias, habían insistido tanto en conocer ese secreto tatuado en su piel.

Cinco noches habían estado juntos y ella no podía resolverlo. Tenía tres piezas casi ensambladas: la del pie, la de la espalda, la del hombro izquierdo, pero con ellas no podía acertar. Faltaba la del pecho, la del muslo izquierdo y la del brazo derecho. Sin olvidar la última, grabada en la parte inferior de la nuca.

Esa noche decidió llevar papel de China para calcarlas y así tratar de armarlas fuera de ese cuerpo desquiciante. Lo hizo, pero era mala copista y no consiguió nada. Quedaron sobre el suelo incompletas. Entonces pensó que tal vez existían otras piezas ocultas y por ello no daba con la solución. Inició la búsqueda. Comenzó por los labios, prosiguió con las orejas, bajo los pliegues de las nalgas, entre las vellosidades de las axilas. Nada. Buscó dentro de la boca, examinó la lengua y cada uno de los dientes. Revisó los dedos, las líneas de las manos, los pezones y cada centímetro de su piel. Aquello no tenía salida y ella se volvía loca al llegar la madrugada sin poder dar con el ensamblaje. Esteban sólo se dejaba tocar con aquella terquedad de su amante, mientras le suplicaba:

—No puedo más. Dime qué es, dímelo.

—Ya lo he olvidado —y eso era cierto.

Ella se levantó de la cama —abatida, desconcertada— y salió desnuda a la calle, cubriéndose sólo con las piezas que había calcado sobre el papel de China. No la volvió a ver. Esteban se entristeció un poco. Porque, en realidad, él nunca ha sido un rompecorazones, cuando mucho, un rompecabezas.

II

El Señor de Suna, Hiroshi, fue rescatado de las fauces de un lobo por el Señor de la Noche. Hiroshi quedó muy agradecido por tan noble acción y prometió darle todo aquello que quisiera. El Señor de la Noche entonces dejó ver su rostro y, con sorpresa, el amo de las tierras de Suna descubrió que su salvador era un Vampiro. El caballero nocturno le habló para pedir su recompensa:

—Quiero entrar a tu aldea como cualquier buen forastero y nutrirme en ella. Sólo te pido que no me niegues el paso y que me abras las puertas de tu fortaleza.

Hiroshi ya había dado su palabra y, aunque aquello era como dejar entrar a la peste, tuvo que acceder:

—Sea, pues, como tú quieres. Abriré las puertas de mi fortaleza y entrarás a la aldea como cualquier buen forastero.

Durante un año, el Vampiro desoló aquella villa llevando consigo un festín de sangre. La gente confiada le abría sus casas, le ofrecía su mesa, le tendía la mano. No reconocían en él peligro alguno. Se mostraba agradable, pagaba muy bien en las posadas, en los comedores. Contrataba los servicios de músicos y fingía beber y comer las mejores viandas. Nadie sospechó en aquel hombre de figura noble, de ropajes de amo de tierras prósperas, otra intención que la del placer.

Mas al caer la pulpa oscura de la noche, cuando él pretendía ir a sus habitaciones, asaltaba a la aldea. Sus ojos cordiales se convertían en dos tizones encendidos y sus colmillos, prominentes, afilados, se escurrían por entre sus labios. Salía a cazar niños, ancianos, mujeres, hombres. Buenos, malos, ricos, pobres. Creyentes, infieles, guerreros, monjes. Todos eran dignos de su paladar, y él no conocía remordimientos, ni abstinencias.

Pasaron los meses y, justo al año, el pueblo no soportó más. Se reunieron a la puerta del palacio del Señor de Suna reclamándole protección. Hiroshi fue entonces consumido por la angustia. Él era un noble y había dado su palabra. ¿Cómo cumplir entonces con las demandas de sus fieles vasallos? ¿Cómo protegerlos sin dejar de prohibirle la entrada, sin cerrar las puertas de su fortaleza a aquel monstruo?

Decidió hacer penitencia. Diez días huyó al fondo de sí mismo para encontrar la respuesta. Diez días bebiendo agua, comiendo pan. Y al onceavo apareció entre sus sueños el Señor del Niwa, que le regalaba una flor azul de cuyo tallo salían pequeñas hojas violetas con mensajes cifrados. Hiroshi, después de tomarla, se sentó cerca del riachuelo para deshojar la respuesta.

Cuando despertó se vistió de seda púrpura y ató a su cabeza un listón verde. Lavó sus manos con agua de jazmines y ordenó que pusieran incienso de musgo sobre el barandal de su balcón. Ofreció cien aves al cielo, doscientos peces al mar. Buscó sus sandalias doradas y abrió todas las ventanas de su palacio para bañarse de luz. Pidió los servicios de su calígrafo personal y le hizo escribir el mismo mensaje sobre cientos de pequeños papeles en forma de mariposas. Unas horas más tarde, sus guerreros fueron a repartirlos por la mañana. Tres días después convocó a todos los habitantes de la villa y habló:

—Prometo que aliviaré su dolor y sus penas. Yo no puedo cerrar las puertas, ni impedir el paso a ese fantasma de la noche, porque a él he dado mi palabra. Tampoco puedo ordenar matarlo, porque me ha salvado la vida. Pero sé dónde habita y cómo detener su cacería. Hoy he dado cita a todos los tatuadores de esta villa y de las tierras vecinas, les pediré que sobre el cuerpo de esa bestia tatúen su nombre: Kyuuketsuki. Les pediré que no quede un centímetro de su piel donde su nombre no parezca. Así, cuando él se atreva a entrar a sus casas, sentarse delante de sus mesas o tenderles la mano, ustedes lo reconocerán.

Se cumplió su orden. El vampiro fue tatuado esa misma mañana. Terminaron justo antes de que el sol se ocultara en las tierras de Suna. Cuando el sanguinario despertó, descubrió su cuerpo como un pergamino cetrino que repetía un solo y único nombre. Se observó encolerizado mientras su furia hinchaba sus vacías venas y lo sacudía en cólera. Esa misma noche se dirigió al pueblo intentando disfrazarse bajo sus finos ropajes. No pudo ocultarse más. Aquí o allá alguien lograba identificarlo cuando ante ellos aparecía la caligrafía grabada con tinta verde, roja, violeta, amarilla o azul. Todo él era una enredadera marchita construyendo su nombre.

Caminando despacio, abandonó la aldea. Ya no conseguía cuerpos para saciar su apetito. Sólo recibía insultos, le lanzaban piedras, lo amenazaban con fuego. Sin soportar más, desistió y se perdió entre la noche.

La paz volvió a las tierras del amo Hiroshi, que, vestido de púrpura y calzando sus sandalias doradas, ofrecía cien pájaros al cielo y doscientos peces al mar el onceavo día de cada mes. Así agradecía al Señor del Niwa la fertilidad de sus consejos.

III

Simón ve a todos pequeños porque él nació excesivamente grande. Así, con ese odio a lo minúsculo, se encargaba de exterminar a aquello que no era digno de su tamaño. Y con esa insana manifestación de ser magnánimo, desarrolló un profundo desprecio, sádico y cruel, hacia las hormigas, a tal grado que olvidó sus odios nocturnos sobre otros seres o cosas y se concentró sólo en estos insectos.

Todos los días las esperaba sentado cerca del refrigerador, regaba un poco de azúcar aquí y allá. Luego, con paciencia, armado de un insecticida en aerosol, las esperaba. Cuando las ingenuas aparecían, atraídas por la comida, él les rociaba el veneno hasta empaparlas y las veía morir lentamente mientras bebía su cerveza. Si le apetecía un cigarro lo prendía con saña, por el gusto infinito, de tirar el cerillo y mirar cómo se encendían por los efectos del insecticida. A veces las ahogaba con una manguerita que mandó hacer ex profeso para cazarlas. En otras ocasiones las aplastaba con un matamoscas de tela de alambre muy fina, que pidió a su madre que le confeccionara. Era un disfrute enorme verlas ahí, cuadriculadas sobre el suelo. Si no tenía ganas de ponerse sofisticado, sólo vertía veneno cruz negra por la casa. Y ya de noche, cuando llegaba de alguna reunión de viejos marinos, sus ojos se deleitaban con los cadáveres rojizos, negros y hasta verdes de las invasoras.

Ellas lo odiaban. Tanto lo aborrecían que debían planear una venganza. No podían dejar tanta atrocidad sin castigo —el rencor mueve hasta a las hormigas—. Y decidieron atacar lo que él más amaba: su dragón. Simón adoraba ese tatuaje, ese dragón marino de color verde tifón, que se tatuó en Manzanillo cuando trabajó en el puerto en sus años de juventud, cuando iba por el mundo sin anclar bien sus odios. Ese tatuaje le recordaba el mar, la aventura, los momentos más entrañables y felices, ese tatuaje era su pasado. Todos los días se miraba al espejo, orgulloso de esa bestia —que conocía todos sus secretos—. Luego le aplicaba un poco de aceite o crema para protegerlo, para hacerlo brillar cuando la luz del sol le tocaba la espalda. Así se iba a la playa a recoger ostras y cangrejos para abastecer a la población donde él vivía, porque ahora era pescador. Así que, si ellas querían venganza, debían invadirlo por la espalda.

Esperaron con paciencia, guerreras y malditas, detrás de los botes de cerveza que él bebía a diario después de la pesca, hasta que Simón cayó dormido por el alcohol. Subieron cautelosas por sus piernas y acordonaron al dragón, que, colérico, las miraba. La bestia alada quiso defenderse lanzándoles fuego rojo, que el primer grupo comenzó a devorar con rapidez. Después batió sus alas intentando alejar al segundo bando, que atacaba los flancos y comía intrépidamente sus plumas pálidas. Otras tantas, con astucia, se enfrentaron a la cabeza —que él movía inútilmente—, para, en avanzada, ayudar al resto de ese ejército a hacer suyas las garras. Sin patas, se desplomó el cuerpo, mientras la cola agitada no logró desprender los dientes filosos de las enemigas. Dos horas más tarde, sobre la espalda del asesino, no quedó ninguna señal de aquel monstruo marino, y bajaron contentas y satisfechas.

Simón se despertó adormecido y, amodorrado, las vio alejarse. Entre sueños pudo distinguir cómo algunas cargaban a sus espaldas plumas color verde tifón o garras azules. Mientras otras llevaban a cuestas un ojo, un diente o un trozo de fuego. Pero a Simón esa visión le pareció imposible y, negándola con la cabeza, se volvió a dormir.

De *Registro de Imposibles*

Asunto de pez

Desde la cama lo veía ir y venir sobre el azul celeste del muro. Ahí estaba su pez dorado, brillando displicente, con una cola llena de pliegues. Él se sabía observado. Su ego le obligaba entonces a moverse con lentitud para que Carolina lo admirara como una bala de oro que buscaba herir cualquier superficie. Además ese pez era un secreto, por eso siempre Carolina, antes de salir de su habitación, le suplicaba que se mantuviera detrás del armario: "No salgas, espérame aquí."

Y así le iba la vida. Cuando llegaba del colegio se refugiaba inmediatamente en su habitación para contarle a su pez dorado toda la faena inmunda del colegio. Para decirle que tenía otros amigos peces escondidos entre los árboles y entre los pupitres: "tú sabes, peces de tierra y peces de escuela". Eso no era verdad, sólo lo decía para que el pez se deslizara por el muro con sus ojos llenos de océano celoso. Pero aquel momento de incertidumbre duraba poco, luego de un rato se reconciliaban y conversaban largamente.

Su madre encontró extraño aquel aislamiento, ese encerrarse y tumbarse en la cama para mirar un muro azul celeste, ese hablar bajito como si la voz se la hubiese tragado una ballena:

-Debe estar enferma, debe estarlo.
Lamentablemente, eso dijo.

Habló entonces con el padre, quien quedó tan consternado y se enojó tanto imaginando que Carolina estuviera enferma, porque ya habían descartado cualquier otra posibilidad.

-Hija, ¿por qué sólo miras ese muro azul? Ahí no hay nada.

Ella se tapó la cabeza con la almohada y no quiso oír la pregunta de su madre. Se limitó a guardarse debajo de las sábanas como su pez dorado detrás del armario. La madre mientras tanto miraba con empeño el muro azul celeste, intentando acaso descubrir entre los pliegues de una pared arrugada algo que le dijera: "Tú hija no ha naufragado." Pero nada, ni un eco traído de esa inmensidad azul.

Al día siguiente, cuando Carolina salió al colegio, su madre entró como una espía a su habitación con la consigna de inspeccionar todo, cada metro, cada centímetro, cada milímetro de aquel lugar. Así con esa obstinación que se finca en la incertidumbre, encontró detrás del armario un pez dorado. Ahí estaba sonriente y feliz, rodeado de plantas verdes pintadas con crayón, detenidas, para que no se fugaran del muro, con piedritas hechas de papel aluminio. La madre no supo qué pensar, se desarmó su capacidad para deducir, para intervenir en aquel asunto de pez. Sin remedio sintió cómo la marea le arrastraba a la cordura, y con lentitud nadaba en ese muro mientras observaba los ojos llenos de océano de ese pez. Y lo miró también desplazarse de un lado a otro, lo miró acercarse... buscó el jabón y la jerga para limpiar aquel desastre.

-Si mi hija quiere un pez, tendrá uno verdadero.

Como si la verdad pudiera comprarse en una tienda de animales.

Al llegar Carolina del colegio, sin detenerse a saludar a nadie, entró a su habitación abstraída por un mal presagio. Sí, un mal presagio. Buscó detrás de su armario y sólo encontró el muro raspado violentamente. Se tumbó en su cama, no pudo llorar. Su madre abrió la puerta, parecía una ola tranquila que busca la playa de una isla desierta, era una sirena que promete la luz y lleva entre sus escamas la noche, porque así la vio Carolina, oscura y siniestra. La madre se acercó con un pez dorado agitándose dentro de una bolsa de plástico.
-Es para ti. Tómalo.
Pero ella suspiró y buscó refugio entre las sábanas que la sepultaron como arena.
-No lo quiero. Llévatelo, no lo quiero.
La madre se encontró de pronto a la deriva. La cólera la invadió porque cuando se ha estado tanto tiempo sola entre el mar el horizonte se pierde, se pierde. Y con la violencia propia de quien no encuentra puerto sacó de la cama a Carolina y la obligó a tomar entre sus manos al pez.
-No lo quiero.
Decía la niña sosteniendo aquel sustituto. Entonces, al ver a su madre molesta e injusta, jalándola del brazo y diciéndole cosas que ella dejó de escuchar, sintió dentro de su cabeza una tormenta, se acercaba hiperviolenta para arrancarla del suelo. Era un huracán que le nacía con odio, no, con impotencia. Sí, eso fue la que la orilló a tirar el pez al suelo, patearlo, estrellarlo contra el muro azul celeste, y ver con sus ojos, esteros desmedidos, la agonía de aquel intruso. Su madre sólo pudo consolar su tragedia con una bofetada. Carolina sólo pudo recibirla y mirar a la sirena siniestra cerrar la puerta diciendo:
-Esto lo sabrá tu padre.
Sin importarle gran cosa, pues ya no había an-

clas fuertes en su vida, buscó entre sus cajones un crayón dorado y comenzó a dibujar peces sobre el muro azul celeste. Aquí y allá peces felices, displicentes. Aquí y allá nadando sobre la pared. Así pintó y pintó peces hasta que su padre la abrazó muy fuerte y la obligó a dormir.

-Si quiere pintar peces, déjala.
Dijo el padre.
-Ella no está bien. Tú no viste cómo pateó al pez que le compré.
-Déjala.
-No.

Al día siguiente Carolina no quiso desayunar y su padre fue quien la llevó al colegio. La madre entonces sacó los rodillos y los botes de pintura. Se armó de una fuerza indiscutible y en menos de tres horas pintó de verde el muro azul celeste.

-No más peces en esta casa.

Aquel verde a Carolina le hirió los ojos. Se tumbó en la cama y no pudo llorar. Después de un rato de tristeza encallada, se puso en pie. Buscó entre sus cosas un crayón negro y comenzó a pintar peces moribundos sobre ese verde porque se dio cuenta que todo era muerte y que todo estaba muerto.

Cuando su padre fue a buscarla, miró con agonía aquel verde que dejaba caer peces negros, como hojas de holocausto, al suelo. Peces que se sacudían asfixiados en las celosías de la habitación. Y tratando de no pisar aquella marea oscura sacó a Carolina de ahí.

Esa noche, mientras cenaban, los tres guardaron silencio, estaban de duelo...

De *Registro de Imposibles*

El otro Aleph

Para Sofía Solórzano.

I

Al despertarme todo cobró un sentido catastrófico. ¿Por qué un sueño podía tomar esas dimensiones, salir de mi cabeza e inundarlo todo? Había sido tan real, por eso me costó trabajo darme cuenta de que esa mujer, repleta de sí misma e inmensa, reclamando el libro, pidiéndolo a gritos, no era Matilde. Aunque tal vez sí, pues lo exigía con una necesidad absurda, reiterativa. Yo no comprendía del todo aquello, hasta que su mirada se me clavó tan adentro y vi, a través de sus ojos, ese profundo pozo ennegrecido de carencia. Entendí, como hermanado con ella, su desesperación, me percaté de que la ausencia de ese libro nos llevaría a los dos a un precipicio y después a la nada.

Sin discutirlo conmigo, ni siquiera un segundo, tomé aquel reclamo onírico como una sentencia real que amenazaba con destruirme como a ella. Me levanté de la cama y me dispuse a buscarlo en el terrible desorden de mi pequeña biblioteca. Aquí y allá busqué frenéticamente el volumen, no estaba. ¡Por Dios! ¿Dónde lo metí? ¿Qué le hice? Lo peor, ¿a quién se lo presté? Algún día tenía que pasarme, nunca anoto a quién le presto un libro, es más, ni sé cuántos tengo por ahí perdidos engrosando los libreros de otras personas.

Pero no pude ponerme a reflexionar sobre los errores de un bibliotecario en ciernes, pues sonó el teléfono. Reconocí el número. Era el de mi ex mujer, Matilde. No quise contestarle y me di cuenta de que el sueño cobraba dimensiones reales. Seguro me iba a pedir el libro, seguro después de dos años y medio de separación, cayó en cuenta de que me lo quedé yo, y no ella, que presumía de merecerlo más. Ignoré el repicar del aparato telefónico e ignoré también cuando sonó mi celular. No quería responder, no ahora sin saber el paradero del volumen.

Entonces me decidí a rastrear en mi curiosa memoria, la posible ubicación del texto en cuestión. Nada. Nada aparecía en mi cabeza, era como si se hubiese fugado cualquier recuerdo concreto del libro. Sin embargo, estaba seguro de que yo lo tenía, por ahí, en algún lado, Matilde no se lo llevó al separarnos. Si bien las últimas discusiones nos dejaron a los dos como abstraídos del mundo, yo puedo casi jurar que me lo quedé... ¿Peleamos por él? ¡No lo recuerdo! Me senté sobre la cama para aclararme aquel asunto. Volvió a sonar el teléfono. No contesté, me dediqué a mirar a mi alrededor como atorado. Me sentía en una heladera, congelado, ajeno a una vida propia, donde lo mío ahora se ensombrecía por un libro extraviado que Matilde reclamaba como suyo y que, en realidad, fue o era de los dos.

Y no era cosa de ir a buscar otro a la librería, nada tan fácil como eso, porque era un ejemplar con la firma de Borges, eso lo hacía único e irrepetible. Recuerdo bien cuando lo tuvimos en nuestras manos, estábamos nerviosos y con la duda prendida en la cabeza: ¿en verdad sería auténtica aquella firma diminuta y encimada que nos mostró el dueño en ese desgastado volumen? Matilde aseguró que sí, pues verificó los datos que el vendedor nos contó en aquella primera cita, cuando nos mostró el ejemplar en medio del ruido de las fichas de dominó y el humo intenso, eterna atmósfera del café Madoka. Él afirmó que consiguió la firma azarosamente cuando estuvo de viaje en Madrid y le dieron el pitazo de que Borges se hospedaba en el Palace Motel, en la habitación 404. Aprovechó que un amigo lo entrevistaría a las 10:15 de la mañana. Entonces, se coló para pedirle la firma, antes de que el escritor fuera arrebatado por los libros para siempre, en esa oscuridad adquirida, de seguro, por tanta tinta que sus ojos devoraron.

Nos hizo gracia la manera de contar el breve encuentro salpicándolo de analogías, de metáforas histriónicas, y lo envidié. Esa sensación la tengo muy presente aún ahora, después de tanto tiempo. Sí, deseaba haber estado yo ahí, frente a ese Borges de mirada perdida, apoyado en su bastón, hablando, recitando versos y fragmentos de memoria, mirando desde dentro de sí, volúmenes y volúmenes que se le ofrecían virtualmente en ese mundo oscuro, al cual sólo él podría tener acceso; porque la luz en la que nosotros circulábamos le era absurda, se había apagado para nunca encenderse. Quizá, el encuentro con aquel tipo y con la historia en torno a la firma nos convenció más sobre la posible autenticidad de la misma; y la envidia a ese hombre insignificante poseedor del libro (que seguro jamás había leído ni siquiera el ejemplar autografiado), nos llevó a hacer lo que hicimos...

¿Cómo era posible que ese sujeto de aspecto vulgar lo poseyera y fuera a venderlo por una cantidad que en ese momento nos pareció obscena? Para colmo era de la insulsa colección titulada biblioteca básica de Salvat, el tomo 91, impreso en España en

1971, bajo el nombre de Narraciones, vaya a saber cómo lo consiguió, pero pedía demasiado dinero por él. Ciertamente, la antología tenía los mejores cuentos y, aunque no hubiese sido así tenía uno que tanto a Matilde como a mí nos cautivaba: El Aleph. No nos importó que fuera un libro barato, ni que se hubiesen tirado miles de ellos con sus cubiertas a tres tonos: beige, con recuadros en amarillo y el central en naranja. No nos molestó la calidad del papel ni lo cetrino de las hojas, ni siquiera que la firma fuera tan diminuta, tan sin chiste, pues era de Borges. Además, Matilde conocía de memoria el texto y, con certeza pasmosa, afirmaba que el escritor Jorge Luis Borges se sumaba a la selecta lista de Alephs regados por el mundo, como la copa de Kai Josru o el espejo de Tarik Benzeyad; como la lanza especular del Satyricon de Capella o el espejo de Merlín. Sí, todos ellos con sus enormes huecos de luz por donde cabe el mundo y por donde sale el mundo. Poseedores del pasado y del futuro, de la conciencia y del destino de los hombres...

Con tanta historia alrededor del libro, claro que podría encontrarlo si en realidad lo tuviera en la casa, lo reconocería al momento en medio de todo mi tiradero mental y físico, si ahí estuviera, pero no. Definitivamente lo había prestado o Matilde lo había hurtado la última vez que vino aquí a reclamarme el dinero que le debía. Pero de ser así, ¿por qué la había soñado reclamándome el libro con tanta fuerza? ¿Por qué tenía ya varias llamadas suyas en mis teléfonos? No, no lo podía tener ella. Por otra parte, no lo presté, no creía eso, el libro era un tesoro, nació para serlo y estar resguardado, para contemplarse de vez en vez, tan eventualmente que acaba por olvidarse dónde lo hemos escondido... ¡Por Dios! ¿Y si he extraviado su paradero porque desde siempre su destino fue ser un objeto tan valioso que intrínsecamente se pierde para que otro lo encuentre? Luego me vino un pensamiento peor: ¿si el sueño era una advertencia que se sumaba al miedo de no lograr restituirme si no daba con su paradero? El sólo hecho de imaginarme tragado por ese Aleph, boca oscura, boca luminosa, centro del mundo disfrazado de objeto u hombre, me pareció terrible, sobre todo porque ese volumen de Narraciones lo habíamos robado.

II

El tema del robo es algo delicado. No quiero que se piense mal, pues en realidad no fue un hurto para sacar provecho monetario o algo así, sino porque nos invadió a Matilde y a mí una necesidad malsana de poseer el libro, nos enloquecimos temporalmente... Vale decirlo, no es un argumento muy convincente, pues robar es robar, pero esta ciudad está llena de rateros. Bueno, da igual, lo robamos y punto.

La cosa fue sencilla y rápida. El hombre ni cuenta se dio. Yo no me acuerdo con exactitud en qué momento Matilde, con virtuosismo brutal —no se puede describir de otra forma—, en medio de los convidados a la subasta (sí, el hombrecito vulgar invitó a los interesados a pujar por el libro), se aproximó como una sombra nacida de todos los deseos y ¡zas!, metió el libro entre la falda y su blusón negro. ¡Nadie lo notó! Todavía pienso en ello y sudo descomunalmente, ahogándome en silencio, viéndome ahí, en medio de esos seres que, con el dinero en sus bolsillos, esperaban llevarse el volumen a casa, mientras Matilde iba con él rumbo al auto y yo me quedaba ahí pasando a traguitos el vino espantoso que el anfitrión nos ofreció esa noche.

Y luego pasó lo que tenía que pasar: el hombre se

puso histérico cuando fue a buscar el ejemplar (que insólitamente había dejado sobre una mesa al alcance de cualquiera) y no lo encontró. Cayó en estado de shock, se refugió en otra habitación, su despacho, creo. Regresó a los pocos minutos, se quitó los lentes y los limpió con su guayabera impecable antes de decirnos:

—Señores, nadie puede salir de la casa. Alguien ha robado el libro. He llamado a la policía, por favor esperen...

Tragué saliva sin contener el espanto. Nos iban a descubrir. Él me vio llegar con Matilde, sabía que estábamos deseosos de tener el libro, nos citamos dos veces para hablar de la posible venta, le regateamos casi lastimosamente... En eso estaba cuando sentí la mano de mi ex esposa sobre el hombro: «Ya lo escondí, no te preocupes, tú tranquilo». Se encontraba ahí, entre nosotros, fingiendo la misma consternación que los convidados. ¡Qué sangre fría! La misma que tuvo cuando me dijo adiós en la churrería La Bombilla. La desgraciada me citó ahí, como para confirmar que le valía madre, pues a mí ni me gustan los churros.

Nos interrogaron a cada uno por separado. Por suerte no tuve que mentir sobre dónde estaba o qué hacía en el momento de la desaparición, me dejaron ir después de algunas preguntas. Me extrañó que a Matilde también la despacharan rápidamente. Ella argumentó que estaba en el baño y, no sé cómo convenció a un viejito, otro consternado comprador, de que fuera su testigo. El anciano casi juró por las perlas de la Virgen que ella estuvo ahí todo ese tiempo. Salimos los dos (muy hipócritas) tomados de las manos con una sonrisa de satisfacción intransmisible.

Hubo varios careos durante un par de semanas en la procuraduría. Al parecer éramos los principales sospechosos desde el punto de vista del dueño del libro, quien en numerosas ocasiones nos quiso poner nerviosos con sus miradas, con sus insultos e incluso nos amenazó. Nosotros permanecimos impávidos ante sus ataques. Y de pronto, un buen día, dejaron de convocarnos a los careos y dejaron de llamarnos a la casa. Nos intrigó un poco, al principio, tanto silencio por parte de las autoridades; nos intrigó, a su vez, saber qué final tuvo todo el asunto, pero luego olvidamos y continuamos nuestras vidas.

Pero, siendo franco, ese robo marcó el principio de una relación diferente entre Matilde y yo. Ella se creía más merecedora del libro pues había sido la activa en el proceso de la adquisición. Me acusaba de cobarde todo el tiempo, pues yo debía haber tomado el volumen, no ella. Total, cada vez que hablábamos del suceso me recriminaba mi cobardía: «Collotas», me decía, yo le respondía enfadado: «pero no rata». Así se fue deteriorando la relación ante los ojos de los amigos y familiares, que no comprendían por qué yo era un collón y ella una rata.

III

De entre mis conocidos sólo podría ayudarme Alfredo. Aunque desde hacía tiempo no manteníamos mucho contacto, era el amigo que sabía la verdadera historia del libro y, además, vivió de cerca la caída de mi matrimonio. Por otra parte, yo era el único que lo seguía tomando en serio después de su muy sonado fracaso en el mundo de los libros. Es que, ya ni la hace, todos esperábamos un éxito literario y nos sale con una publicación absurda y sin sentido: Sobre la verdad y la mentira de los 01-800 atención a clientes... Todavía recuerdo cómo antes de la presentación aseguró que sería el hitazo del

Otras historias extraviadas

año: «Todos, más de una vez, hemos querido saber si esos números telefónicos en el reverso de los productos de verdad funcionan. Pues yo llamé a cientos de ellos y los resultados aparecen en mi libro. Te vas a sorprender cuando lo leas...».

Compré el libro por solidaridad. No lo leí, aunque debería hacerlo, quizá hay en verdad respuestas que ni imagino. Pero en el mundo de lo práctico el libro fue un fracaso, no sé si algún lector, de esos devora todo, lo leyó. Él afirma que recibió varias cartas de admiradores que le insistían en seguir por esa línea de escritura evidenciando el mundo del consumo.

En fin, por eso acudí a él, pues, con su muy peculiar punto de vista sobre las cosas, me daría un norte sobre este sueño extraño y la desaparición del libro en cuestión. Así que nos citamos en el café Madrid. Le quedaba perfecto vernos ahí, pues por ese entonces visitaba las jugueterías del centro comprando material para su nuevo proyecto: la resistencia del juguete corriente versus el juguete fino.

—Éste, sí será un hitazo. He comenzado las investigaciones de manera sistemática y profunda. Ni te imaginas las conclusiones que han salido de todo esto. Mira, por ejemplo: estoy poniendo en oposición a nuestros luchadores de plástico con los G.I. Joe de los gringos. Los nuestros, por supuesto, son aguantadores a más no poder. Les he arrancado piernas y brazos, por citarte una de las pruebas a las cuales he sometido a los juguetes, y los luchadores se arreglan con seguros de abuelita, se les puede coser con agujas grandes o dándoles un cerillazo que funda la parte dañada para volverlas a juntar. Por la parte gringa, nada, el plástico es tan delgado que el seguro no sirve, las agujas menos y si les echas fuego se desbaratan, una porquería de producto. Bueno, sacan mejor nota en apariencia pero... Ahora ando probando los juguetes de transporte: la hojalata versus el tonka. Luego sigue la Barbie versus las monas de cartón y las negritas.

—¿Todavía existen esas monas?

—Sí. Y no sabes qué aguantadoras.

Nos reímos. Luego me dio por comentarle lo estereotipado de los resultados de sus investigaciones, casi olvido un poco mi problema discutiendo su proyecto, cuando volvió a sonar el celular, era Matilde. Alfredo se me quedó mirando desconcertado, pues yo no le contesté y lo dejé sonar hasta que paró. Entonces, pedí un exprés doble. Le conté rápidamente lo del sueño, lo del libro, lo del mal presentimiento, y lo peor, que no tenía ni la más remota idea del paradero del volumen. Y lo todavía más terrible: que no sabía el porqué de esa angustia de recuperar el libro a como diera lugar o si no, algo horripilante iba a ocurrir, una catástrofe de dimensiones incontrolables. Pude notar el asombro de Alfredo, algo me iba a decir, pero tuvo que socorrerme. Me entró, de repente, un ataque de nervios ahí mismo, delante de todos esos viejitos, de las señoras gordas y de los turistas despistados que van ahí buscando un trozo de cotidianeidad auténtica y mexicana. Casi hago el ridículo, pues me dieron unas ganas hiperviolentas de llorar, me temblaron los labios, hice puchero, qué le voy hacer, no lo niego, gracias al cielo que Alfredo me sacudió un hombro y me hizo entrar en mí.

—Tranquilo hombre, por ahí debes de tener el libro.

—No, ya lo busqué muy bien, nada. A lo mejor lo tiene Matilde.

—Ella no lo tiene.

—¿Por qué tan seguro?

—Ayer la vi y estaba tan preocupada como tú. Buscándolo como loca pues tuvo el mismo sueño, la

diferencia era que en él tú le reclamabas el libro.
Me le quedé mirando anonadado.
Imbécil, ¿por qué no me lo habías dicho?
—Porque hasta ahora me lo cuentas. Además tú me preguntaste primero sobre mi nuevo proyecto...
Luego comenzó a hablar y a hablar, pero yo ya no lo oía. Me entró una desesperación que me dejó sordo y mudo. Ni me despedí de Alfredo. Salí del café con la necesidad imperiosa de llamar a Matilde y citarnos en cualquier parte.

IV

«Ah no, en la churrería no». Nada más faltaba que nos diéramos cita donde habíamos finiquitado nuestro matrimonio, y con este calor, ¿a quién se le antojan los churros? Además, a mí, ni me gustan. Yo le propuse el Punto Prana, pero Matilde argumentó que era muy temprano para tomarnos unos tragos y oír música, así que quedamos en encontrarnos en el antiguo convento del Carmen, de ahí ya veríamos para dónde. Mientras iba para allá, pensaba que cuando hablamos no mencionó nada del sueño, ni yo; tampoco me recriminó que no atendiera sus llamadas, ni le sorprendió que aceptara vernos inmediatamente sin preguntarle para qué. Todo se dio como si ambos supiéramos la importancia de reunirnos y atacar la situación de la mejor manera para liberarnos de algo atorado en el cuerpo.

La vi aproximarse. No he de mentir, sentí el efecto elevador y un ligero sudor se me coló por la espalda. Estaba idéntica. El mismo paso tranquilo, lanzando la cabeza un poco hacia delante como queriendo que sus pensamientos llegaran antes a cualquier lugar. Me tendió la mano intentando un saludo amistoso pero distante. Yo la jalé y le di un beso en la mejilla.

Se sonrojó un poco e inmediatamente sacó un cigarro de su bolsa.

—Bueno, ¿a dónde vamos?

—¿Y si caminamos nomás?

Alzó los hombros y comenzamos a caminar. La noté angustiada, y ella no era de las que se le fríen los nervios así nomás, por otra parte no quería ser la primera en hablar. Esperé. Después de unos minutos, por fin habló:

—Es el sueño, sabes, desde que lo tuve hace dos noches no estoy bien.

Me lo soltó así como si yo ya estuviera enterado de aquello. Luego continuó.

—Es como si el orden se hubiera alterado, como si algo catastrófico fuera a suceder si no localizo el volumen —me miró suplicante—. ¿Lo tienes tú? Sólo quiero saber dónde está, no te lo voy a quitar.

—Matilde, qué más quisiera yo, pero no lo tengo. Yo creía que tú...

—Entonces, ¿dónde está?

—No lo sé.

—¿Nos lo robaron?

—Ladrón que roba a ladrón...

Reímos nerviosos. Le tomé la mano para consolarla y el contacto tibio de ambos gratificó un poco tanta ansiedad, tanta extrañeza.

—¿Ves?, no estaba tan zafada cuando te dije que Borges era un Aleph.

—Sigues con eso.

—No debimos robar el libro. Destituimos el orden del Aleph; él escoge con quién quiere estar, no a la inversa. Ahora seremos tragados por su oscura boca.

Lo decía tan en serio que me estremecí. Pero volviendo a recuperar el control solo atiné a decirle:

—Ya qué.

Sin darnos cuenta entramos al café Madoka, nos sentamos en una mesa que da a la calle. En esos lugares nada parece cambiar, ni los meseros, ni la gente que está jugando dominó, sonando las fichas con fuerza cuando hacen un cierre espectacular, cuando chocan las manos con su pareja después de hacer un zapatito a los contrincantes. Pedimos dos cafés americanos. La mesera mal encarada fue a por ellos, y mientras los esperábamos lo vi. El mismo hombre, con su guayabera impecable. Hablaba con una pareja como nosotros o... ¿acaso éramos nosotros? Estaban anonadados con el ejemplar que les mostraba. Ella era la más interesada, lo tomaba entre las manos, sonreía. El chico, nervioso, se limpiaba las manos en el pantalón, no quería y sí tomar entre sus manos aquel ejemplar. Me pareció tan familiar la escena, como un dèjá vu que se repite infinitamente. Matilde miraba lo mismo, absorta, quedó como clavada en la mesa sin posibilidad de moverse, con la cabeza un poco hacia delante como queriendo que sus pensamientos estuvieran ahí, poniendo en orden aquellas imágenes insólitas. ¿Esos jóvenes éramos nosotros? Quizá la imaginación nos estaba jugando una mala pasada. Yo intenté ponerme de pie e ir hasta ellos, pero Matilde me detuvo.

—No, espera.

Tomé asiento, no porque quisiera hacerle caso, sino porque en sus ojos se coló un vacío tan oscuro que me tragó de golpe. Esperamos a que la pareja se despidiera del hombre. Aterrados de la semejanza, los vimos salir. Luego, como sacando fuerzas de quién sabe dónde, agarrados de las manos (hermanados, después de habernos hecho tanto daño tiempo atrás), fuimos hasta la mesa donde el hombre estaba guardando el libro. Nos miró sin contrariarse y nos sonrío tan afable.

—¿Ya tan rápido se decidieron? Siéntense podemos llegar a un mejor precio.

Tomamos asiento. Nos puso el libro entre las manos y sí, fuimos devorados por la boca inmensa, oscura y luminosa del Aleph, que nos condenaba a compartir su reinado en el espacio infinito de las repeticiones y en su conciencia porosa.

Viaje

Odio desplazarme. Odio el tránsito del viaje. Ese lapso de tiempo para mí es insoportable, es el peor de los infiernos desde que lo recuerdo. No sé exactamente por qué. Pero una cosa es cierta: trasladarme siempre me ha causado una horrible sensación en el estómago, siempre pienso que todo va a salir mal, y soy devorado por el abismo oscuro de mi panza. Así, a cada salida de casa por vacaciones, o por estudios, o por el trabajo, el peso es abrumador. Un vértigo estomacal causado por la incertidumbre me acecha constantemente. Ahora es menos, mucho menos. Déjeme contarle...

Un día, de ésos abismales, mientras íbamos por la carretera rumbo al mar, mi padre me dijo —él ya había notado mis problemas severos durante los viajes: mareos, migrañas, erupciones de piel, enfermedades raras y un sinfín de etcéteras—: «¿Por qué no te distraes? No pienses en el traslado, busca algo en donde olvidar que te mueves, viaja». Luego apretó mi mano antes de parar en una gasolinera a que vomitara. Recuerdo que bajé corriendo al baño pensando en las palabras de mi padre: «Busca algo en donde olvidar que te mueves, viaja». Cuando entré a los sanitarios, eso lo recuerdo bien pese a mi edad, aquel lugar me pareció perfecto para olvidarme. Era repugnante, apestaba a orines y por todas partes estaba lleno de letreros obscenos o de mensajes mal escritos dirigidos a cualquiera. Tan abotagado me resultó aquel espacio que traté de contener el malestar devorando las letras maltrechas y ennegrecidas. No sé cuánto tiempo estuve mirando esas paredes mugrientas. Comencé a tocar aquellos muros inmundos, llenos de frases de gente que pasó por ahí dejando un instante de sí mismos. Instintivamente me toqué con la mano el vientre y noté con agrado que ya no me sentía mal. Y lo mejor, no tuve que vomitar, no sudaba y no tenía angustia. Entonces me repetía para adentro: «Tengo que llevarme algo de aquí, tengo que hacerlo». Sólo eso pensé. Y traté de arrancar alguna frase de la pared, cualquiera, pues no era una selección sino una afirmación de ese momento lo que buscaba.

Entonces me percaté de que la puerta de uno de los baños tenía un agujero y estaba golpeada, era de madera conglomerada, así que con un poco de esfuerzo puede trozar un pedazo grande. Después, ya con ese pedazo en el piso, haciendo fuerza con un pie, logré trozar la frase y... llegó mi hermana con mi madre a buscarme y armaron tremendo lío porque yo había desmantelado la puerta del baño. «Es un vándalo, tenga cuidado con él», le dijo el dependiente a mi padre mientras pagaba el destrozo.

No me importó mucho, y nunca les confesé qué era lo que había domado mi angustia y la había sacado del estómago: el júbilo. Sí, júbilo: montones de mariposas, o de ñáñaras, o de sensaciones indescriptibles, pero conocidas por cualquiera cuando algo nos afecta de tal modo que el bajo vientre, y el estómago, y hasta el sexo se estremecen. Yo siento eso al ganarle la batalla a la angustia del traslado, a la incertidumbre de no saber qué hacer de mí mientras no hay otra cosa que hacer sino pensar en mí, ahí en el centro mismo del huracán del viaje.

    Pero lo peor son las grandes distancias, y en los aviones, eso es mortal. Así que aprendí a buscar entre los pasajeros a alguien en quien aligerarme. Mi más grato recuerdo en este tipo de transporte me lo proporcionó una alemana. Viajaba de regreso a México en una línea aérea holandesa. El vuelo se había retrasado más de dos horas, por más jugos y bocadillos que nos dieron no lograba controlar mi desesperación. Por fin despegamos e intenté dormir un poco. No lo conseguí; a las dos o tres horas en el aire, comencé a sudar y a sentir náuseas. Necesito olvidar que me muevo, viajar, me insistí para calmarme, al tiempo que buscaba dónde ubicar mi movimiento. Y ahí estaba. Una joven de unos veinte años leyendo un libro al cual le arrancaba una página al terminar de leerla y la tiraba al piso. Ya se imaginará usted cómo tenía el pasillo, las azafatas malhumoradas no paraban de limpiar. Era maravilloso ver a alguien más desesperado que yo. Volví a sentir, con tanta intensidad como la primera vez, ese júbilo traducido en montones de mariposas, o de ñáñaras, o de sensaciones indescriptibles, pero conocidas por cualquiera cuando algo nos afecta de tal modo que el bajo vientre, y el estómago, y hasta el sexo se estremecen. Me acerqué hasta ella simulando desentumir las piernas y pude observar su libro. Estaba en alemán, por lo cual deduje su nacionalidad. Luego le pude ver bien el rostro y las crispadas manos. El cuerpo rígido y de vez en vez, esto era lo más fascinante, se arrancaba también mechones de pelo. Invariablemente éstos iban a parar al piso, que las azafatas, tan serviciales y conscientes de la individualidad ajena en cualquier parte, recogían un poco malhumoradas pero sin decirle a ella absolutamente nada. El resto del regreso fue fenomenal, yo no dejé de seguir todas sus acciones hasta el término del viaje y, por supuesto, conservo un mechón de su pelo y unas páginas de ese libro. Hasta ahora ninguna persona ha sabido decirme a qué texto pertenecen.

Y como éste tengo muchos, muchos viajes-objetos-recuerdos. Las uñas de mi madre, por ejemplo. Las obtuve durante un verano en la playa, cuando mi padre se enterró en llevarnos en lancha a nadar mar adentro. ¡Cómo se movía aquella embarcación! Odio eso, lo odio. Cuando por fin paró, mi padre y mi hermana se metieron al agua, mi madre se demoró un poco mientras se cortaba las uñas, y así, a contraluz, haciendo esto, me pareció más bella que nunca. Otra vez el júbilo traducido en montones de mariposas, o de ñáñaras, o de sensaciones indescriptibles, pero conocidas por cualquiera cuando algo nos afecta de tal modo que el bajo vientre, y el estómago, y hasta el sexo se estremecen. Eran tan pálidas, casi podría decirse: inexistentes. Papel de uñas. Las conservo en un pastillero de plata.

¡Ah, qué recuerdo me viene ahora! Huesos de ciruela amarilla. Están dentro de una bolsa de plástico con listón rojo, son los que mi hermana fue comiendo hasta congestionarse, por mi culpa claro, de camino a Mérida. Era tan agradable verla comer aquello, no me imaginé haberle dado tantas como para enfermarla. Su boca hacía un gesto muy sugestivo a cada mordida, luego corría el jugo por el mentón y le manchaba el vestido. Tampoco creí que mi abuela se enojaría cuando le pedí, aquella noche que viajamos en tren a la ciudad de México, los vellos del bigote que se sacó con pinzas en el camarote. Pero eran tantos y los ordenaba sobre una toallita pequeña de color azul claro, que no pude resistir la tentación de tenerlos, y así, poder dormir el resto del trayecto. Mi abuela era una persona formidable, me obsequió una cámara pequeña y dejó que le fotografiara los pies durante todo el recorrido que hicimos de Guadalajara a Monterrey. Tengo esas fotos en una cajita de cartón que huele a moras, porque ahí guardaba sus jabones traídos de Bélgica.

Cuando viajaba en grupos escolares o con amigos era terrible buscar maneras de anclarme en algo, pues, a cierta distancia, lo mío no parece muy sano. Eso me lo dijo una amiga, cuando se dio cuenta de que fui guardando en la mochila de acampar todas las colillas de los cigarros que se fumó de camino a la montaña. Pensó que tenía una especie de fijación con ella; nada de eso. Ella fuma de una manera tan graciosa, se traga más humo del que puede exhalar, y tiene los dedos tan amarillos por la nicotina... Uno puede ver los pliegues de la piel más claramente en este tipo de dedos. Son unos paisajes curiosos, tanto como las impresiones de los labios de mi amiga, siempre pintados de morado sobre el filtro de las colillas.

Es triste; hay tanta belleza en los detalles y casi nadie viaja a ellos. En fin, la verdad no sé bien de dónde me sale esta fobia al movimiento. Quizá de esa estúpida frase: «El que se mueve no sale en la foto». Bromeo. Tal vez por esto de recolectar fragmentos perdí mi último empleo. Mi jefe me dijo: «Eres demasiado creativo para este puesto, debes buscar mejores expectativas, aquí te estancarás». La realidad era otra. Yo supongo que no le agradó en absoluto ver cómo envolvía, con cuidado extremo, todos los popotes que utilizó bebiendo refrescos de lata durante un viaje de trabajo en autobús a Querétaro. A mi última pareja también le desconcertó que fuera tan inquieto. No le pareció nada gracioso detenerse cada cincuenta kilómetros, exactamente, para que yo recogiera cualquier cosa del camino y fuera haciendo «un catálogo de impresiones sobre la carretera y sus distintas formas de aquí hasta los Estados Unidos». Me divertí muchísimo. Ella sólo dijo: «¿Por qué no puedes quedarte quieto mientras viajamos?». Ironía, ¿no cree...?

Lo que no entienden es que es jubiloso. Voy por la vida, como verá usted, desplazándome con mis pequeños fragmentos tomados durante el tránsito de cada viaje. Servilletas llenas de rímel de magdalenas casuales, dibujos de niños que se demoran entre los crayones en cualquier transporte, cerillos, notas de consumo, botellas, cenizas, bolígrafos y lápices, palillos, huesos, cáscaras, libros, revistas, monedas, bolsas de plástico, tickets, encendedores, rastrillos, frascos de desodorante y montones más de etcéteras. La recompensa es grande pues, al ser invocados estos recuerdos, viajo, y aparece, como si fuese la primera vez, ese júbilo traducido en montones de mariposas, o de ñáñaras, o de sensaciones indescriptibles, pero conocidas por cualquiera cuando algo nos afecta de tal modo que el bajo vientre, y el estómago, y hasta el sexo se estremecen.

Y ¿sabe algo?, ahora estoy seguro, mientras viajo con usted, (que no ha dejado de hacer bolitas con el migajón del pan, ¿puedo conservarlas? Gracias). Le decía ahora estoy seguro: nací para hacer esto, para recolectar fragmentos de los otros aquí, ahí, allá, en cualquier parte, fragmentos en donde olvidar que me muevo sin saber que me estoy moviendo y, sobre todo, pensar que todo es un gran viaje.

ÍNCUBO

La fatiga es como un estadio del Averno, e Yvette lo sabe. Se acaricia las cejas, está muy cansada. Ha trabajado frente a la pantalla de la computadora casi siete horas. Se quita los anteojos. Suspira sólo para asegurarse de que está despierta y puede seguir con la faena. Mañana tiene que entregar su artículo y ruega a los supremos minutos que se detengan largamente. Sin embargo, sus ojos se cierran, las letras se nublan. La resistencia poco a poco se acaba.

—Lo que daría por terminar de una vez.

Vuelve a ponerse los anteojos.

Entonces una voz sale de la computadora, ronca y certera. Altiva y segura. Intimidante pero cortés. Se abre una pequeña ventanita en el extremo izquierdo de la pantalla. Un hombrecito rojo sonríe y advierte:

—Está usted haciendo una petición, si necesita ayuda haga clic aquí.

Yvette lo hace, llevada quizá por la ebriedad del cansancio. Nunca había visto un auxiliar en su procesador de palabras. Intenta suprimirlo. Busca el «Enter» para hacerlo desaparecer. Mas la pequeña figura roja golpea la pantalla con su voz, ahora más certera que antes:

—¿Qué darías, Yvette, por terminar de una vez?

Ella sale de su ensueño y mira atenta la pantalla.

No quiere creerlo. El hombrecito se desplaza como una luz intermitente de arriba abajo, hace piruetas y ruidos metálicos. Posee una sonrisa que al mostrarse encandila la pantalla y lanza luz hacia todas direcciones.

—Es el cansancio, es el cansancio.

Se dice Yvette.

—No, soy un seductor.

Contesta él, mientras se cuelga de cabeza sobre una frase.

Yvette abre los ojos desmedidos y apaga la computadora como en un acto de reconciliación con su conciencia.

—Ya escucho voces, ya veo cosas. Debo irme a dormir.

Pero la máquina no deja de funcionar. Sigue encendida como una candela que desvanece la noche. Yvette se pone en pie con un salto para repetirse a sí misma:

—Es una alucinación de la fatiga.

Y el hombrecito rojo ríe desde los laberintos secretos de las redes cibernéticas. Está ahí como una clave, como un virus esperando la palabra adecuada para hacer su entrada, para volverse mimesis, oraciones proscritas, escalada de frases que se yerguen y se derrumban. Y para proponer un trato, como lo hace siempre: nadie ha dicho que un íncubo sea original y se le ocurra pedir otra cosa que no sea el alma.

La pantalla se oscurece unos instantes, Yvette suspira pensando ilusamente que aquello ha sido un asunto de fatiga. Pero no, el trabajo de análisis intertextual, las mil y una referencias encontradas se tropiezan para darle otro mensaje. Todo se mezcla, las páginas, las notas, los espacios, los márgenes... La computadora habla y los códigos ya no responden.

Entonces, él se anuncia escribiendo sobre la pantalla:

—Yvette, soñé que había hecho una cosa horrible, tan horrible que se me negó sepultura en tierra y en mar, y ni siquiera había infierno para mí... Y así descendí poco a poco al terrible fango. Allí, en el territorio de las cosas abandonadas, excavaron una somera fosa... Tú me has visto y tus ojos socorren mi latido sobre el lodo infecundo...

Yvette abre ojos descomunales, descomunales, sí, aterrada ante la presencia de un texto que es la mezcla de un autor inconcebible. Autor negro que se adueña de las palabras de otros para deslizar la tentación.

—¿Qué darías por terminar?

Vuelve el hombrecito rojo a formular la pregunta.

—Nada, no daría nada.

—Entonces, vendrá el fango cansadamente y lo cubrirá todo, menos tu cara. Allí yacerás sola, con las cosas olvidadas, con las cosas amontonadas que las mareas no tocarán ni empujarán hacia adelante... Yo soy la marea, yo puedo llevarte, conducirte, no querrás morir y que nadie se acuerde de ti, que el fango te cubra...

Entonces Yvette comienza a interesarse por esas palabras que salen como aromas rotos de las bocinas de su computadora. Y en ese tono displicente y turbio continúa:

—Te estoy esperando a ti. Te he estado esperando desde hace mucho tiempo.

Pero ella sacude la cabeza.

—Esta máquina está llena de brujería...

Él se ríe, es un ladrón y se ríe. E Yvette no puede esquivar esa risa y se atreve a preguntar:

—¿Quién eres?

—Un seductor, ya te he dicho... El que viene de vez en vez como las tormentas, que aleja las mareas para que el alma no tenga reposo y mira desde el fondo de los ojos.

—Plagiario. Yo reconozco tus palabras.

—Ay, Yvette, no hay originales, todos son plagios. Hasta yo me plagio constantemente. Debo aclararte que nosotros iniciamos la tradición...

Y su risa se vuelve eco. Todo lo macabro es un rumor, un reto en la pantalla.

—Conóceme: Yo salí de la cárcel hace años. Me castigaron ahí por muchos delitos... Luego Dios vino con sus imperturbables y atroces ojos de celador, negros y de una elocuencia mortal, como si se le hubieran quemado de mirar con tanto desprecio a los pecadores... Porque yo quise plagiar a Dios, pero ser como Él es un pecado.

—Estás jugando a crear revueltas...

—¿Qué darías por conocer el gran libro del mundo?

—Detente...

Y sobre la pantalla, el íncubo convoca una escritura gótica que acuña con fuerte encanto las palabras labradas en las celdas.

—Basta.

Dice ella. Sin embargo, va perdiendo fuerza mientras él la sacude con su voz:

—Vamos, juntos, tú y yo, a terminar el libro más certero. Vamos, tú y yo, a revelar los plagios más grandes de la historia... Yo te diré dónde buscar, yo te diré a quién acusar, yo te indicaré las fuentes, los recursos, las mentiras y sus salvedades.

Yvette se siente seducida ante tal fruto que aparece rojo y profundo sobre la pantalla. Sus labios se humedecen saboreando las delicias de las confecciones entre líneas de tantos escritores, de tantos que con gran maestría pretendieron ocultar los libros saqueados, expulsando de sus páginas a los verdaderos creadores.

—No hay verdaderos... No te tortures, dulce amiga.

El corazón de ella late con fuerza, la emoción ha sido seducida...

—Mi corazón mide la noche... Todo lo sé, Yvette...

La pantalla no miente, las páginas se ordenan, las notas se aclaran, el esquema se modifica, el libro cobra dimensiones descomunales, geniales, siniestras... Cinco, seis ventanas con la información pertinente: los antecedentes, las referencias, las frustraciones, las contradicciones, la concentración del tiempo y el espacio, las tensiones y las estructuras. El autor ha quedado desnudo, indefenso y solitario. Ella lo ve, lo lee, lo pronuncia en su memoria. El trabajo de años ahí, resuelto, completo, sin objeción. No más noches de desvelo, no más horas arrebatadas a la familia, no más obsesiones cayendo sobre su cabeza, no más...

—¿Qué darías Yvette?

—Tengo que imprimirlo.

—Nada, nada. Primero a firmar el contrato.

—¿Dónde firmo?

—Pon tu nombre al final de la hoja en la pantalla y luego le das «Enter».

Lo hace rápido, sin pensarlo más, entusiasmada por los secretos, por las revelaciones y:

Fatal error. Please restart system.

—¡Maldito *Windows*!

Grita Yvette mientras la pantalla se oscurece...

Una noche de invierno es una casa

Para Almudena Mora

I

Al entrar se comprobó mi más triste sospecha: ahí hacía un frío de ésos ancestrales, que me dobló la espina dorsal y me obligó a apoyarme sobre una de las desconchadas paredes. Aquel lugar era inmenso, sí, muy grande, pero inmundo, parecido a una piel que con el tiempo se desgaja y va dejando su rastro por cualquier parte. Y ese olor, que nunca logré erradicar, entre dulzón y amargo, parecido a la descomposición de una vaca que por el camino algún incauto golpeó y dejó morir. Esa casa agonizaba y necesitaba sangre fresca para seguir viviendo, ahora me parece más claro, pero en ese entonces...

La señora que nos mostró la casa tampoco me resultó agradable, me miraba con desconfianza, cuando lo hacía, y sólo se dirigía a Enrique. Eso no me importó nada, pues mientras ellos hablaban de precios y de arreglos necesarios, más bien urgentes, yo comencé a pasear por el lugar. Todo iba de horrible a horroroso, pero no fue suficiente hasta que llegué al baño y vi aquel desastre lleno de hongos, de humedad y suciedad. Para colmo me habían dicho que alguien había habitado esa casa, una pareja, como nosotros. Ah no, me dije, como nosotros no. ¿Quién puede vivir así? Aquello era un chiquero. Pero, ¿quién puede resistirse a un jardín? ¿A un inmenso jardín en medio de una ciudad tumultuosa? Todos, menos yo, y accedí a rentar esa casa invierno —jamás deje de sentir frío mientras estuve dentro de ella—, porque cuando vi el jardín caí en el hechizo, y pagué un tributo muy caro por ceder cuando la intuición manda otra cosa, por querer tener un paraíso donde se sabe que sólo puede habitar la miseria, porque no hay jardín de las delicias ni parque encantado que no cobre precio.

II

Después de unas negociaciones muy duras, llegamos a un buen precio con la casera y nos dio las llaves. Así, pudimos comenzar a disfrutar de aquel paraíso de mugre y desolación, junto a tres albañiles, dos carpinteros (antes cantantes de un bar), un fontanero y un electricista que parecía ser el único que portaba un poco de compostura, pues no dejaba de repetir: «Esta casa es un desastre, ni tirándola una y otra vez será habitable». Ya llevaba dos semanas intentando que los interruptores respondieran al lugar donde se requería luz, y no que hicieran lo que les viniera en gana. Le había sacado a las paredes todos los alambres, que yacían como venas por cualquier lado, como anacondas silenciosas carcomidas por los años, insólito resultaba ver aquel espectáculo de metros y metros de cables blancos, azules, rojos, entreverados unos con otros, enloqueciendo la mente de aquel electricista que no podía ponerle orden a ese cuerpo. Logró, por lo menos, que algunos interruptores sí funcionaran, otros tuvo que clausurarlos y quedaron como falsos apagadores, de manera que puso nuevos para suplir a los viejos, y como es natural, en esa casa loca y fría, a veces funcionaban hasta los clausurados.

Total, no se pudo lograr que un solo apagador hiciera lo que debe hacer un interruptor: prender la luz, apagar la luz. Incluso por las noches un pequeño recital de clicks se escuchaba cuando llegábamos intentando encender la luz, y sólo conseguíamos ecos, destellos que se iluminaban en distintas zonas. Corríamos, entonces, tras la luz, para atraparla en donde menos la imagináramos (pues una vez capturada con la mano puesta en el interruptor, los demás prendían y la luz se distribuía por las habitaciones). Eso ocurría sólo cuando Enrique y yo llegábamos juntos, o cuando yo entraba sola a la casa, a él nunca le pasó. «Yo creo que tú tienes un problema con lo eléctrico, debes de tener mal los polos o de plano eres un pésimo catalizador, o algo así. Recuerda que a todo el mundo le das toques». Con eso quedó claro quién era el motivo del desorden de iluminación, no se pudo buscar más respuestas, ¿para qué?, ya había culpable.

Los albañiles, por su cuenta, tenían sus dudas sobre la «vibra» de la casona. Ellos habían calculado su edad, unos setenta años, quizá más, bastante venida a menos por mal mantenimiento, lo que la hacía una achacosa, además de una impertinente, una incomprendida que cree que nadie la merece. Esto último ocasiona su terrible ira, y pues a destrozar a los inquilinos a como dé lugar. Ellos lo sabían por su amplia experiencia en parchar residencias en mal estado, y en verdad que lo sabían, pues las reparaciones resultaron sólo parches aquí y allá para dar la impresión de habitable. Por si fuera poco, me hicieron advertir un detalle curioso: dentro de cada closet de la casa había una imagen de una Virgen María.

«A lo mejor hay fantasmas», dijeron, y «esto es

una precaución, un detente para los aparecidos, para su maldad», y esa frase me hizo reír de nervios, lo que me faltaba, gente muerta deambulando por los pasillos. Le comenté a Enrique sobre aquella peculiar afición de los antiguos inquilinos a pegar vírgenes en el interior de los armarios, a lo que él respondió: «No vas a creer que aquí espantan, digo, eso es cosa de ignorantes y de mujeres». Esto último me enfureció, claro, en realidad me percaté de que yo era la muerta viviente, y que Enrique no estaba lejos de ser lo mismo, desde hacía tiempo ya no vivíamos el uno para el otro, y yo venía a encarnar todas las respuestas a los problemas.

En fin, el fontanero se esforzaba, ya no en que tuviéramos agua caliente (en la cocina nunca se consiguió ese milagro), sino en que por lo menos saliera agua de las ya cascadas tuberías: «Si quiere le meto presión a la cañería, pero si truena es su problema». Y lo fue, tuvimos que cambiar varios metros de tubos y aún así sólo se logró que salieran unos miserables chorros de agua en la cocina y en el único baño, pues había seis habitaciones, una estancia, un recibidor, dos patios, un jardín, y sólo un raquítico baño. ¡Ah, los carpinteros! No paraban de cantar y de hacer suyo todo el recinto, llevaban como tres semanas tratando de remachar, encuadrar y pintar las puertas, y como se encariñaron con un viejo librero empotrado en la pared, le dedicaban varias horas al día para dejarlo con la dignidad de su origen. Y yo, por Dios, ya quería que se largara todo el mundo. Necesitaba estar un minuto en paz y tranquila, sin la culpa de ser la respuesta de todos los males. «Pero querías tu jardincito, tu paraíso en medio de todo este tumulto de seres de ciudad», me repetía como un aliciente para aguantar la siguiente embestida de la casa.

Como pude fui sorteando todas estas desventuras, porque Enrique parecía revivir cada vez que iba a la casa para mirar los avances (lentos, muy lentos), sólo él parecía recibir la energía positiva del lugar, pues los demás acabábamos exhaustos, como salidos de las catacumbas. «En un par de semanas podremos venirnos a vivir ya aquí». ¿Pero de qué planeta? Debí preguntarle, pues aquello parecía trabajo de meses. Empeñada en hacerlo feliz, me apliqué por completo a terminar los arreglos. Si no hubiera sido por los ecos de otros días, de otros años donde habíamos sido una pareja feliz, vagando por ahí, no hubiese podido darle más energía a la casa, pues ese lugar terminó de impedir que yo encontrara mi sitio donde definitivamente ya no lo tenía.

III

El ingeniero encargado de la obra era un inútil. Con su pasito de señorito venido a menos y su ineptitud logró desquiciar mis mejores intenciones de instruirlo en el arte de hacer bien las cosas. Me cobró por adelantado el baño, y lo que debió haber sido una tarea de una semana se prolongó a tres.

De nada sirvió que lo amedrentara, ni que le gritara (por alguna extraña razón, esa casa me había vuelto agresiva y había sacado lo peor de mí), y el baño no estuvo hasta dos días antes de mudarnos a la casa. Cuando lo vimos terminado, quedamos atónitos: se veía igual, sólo que ahora con todo nuevo, pero la impresión era la misma, la de un cuarto de baño viejo e inmundo. No se hizo esperar la reacción de Enrique, quien me acusó de inepta (por Dios, si no había estudiado ingeniería, ni contratado al personal, ni escogido los aditamentos del baño; la casera eligió todo). «Tanto dinero para esto», le oí decir. «A ver cómo lo arreglas ahora, además la taza del excusado está chueca». Efectivamente, y se quedó así, pues por más esfuerzos que se hicieron por enderezarla, nunca se pudo.

Tuvimos que aprender a hacer nuestras más íntimas necesidades de ladito (igual que él y yo a no decirnos más las cosas y a tolerarnos mutuamente de ladito), e instruir a las visitas cuando alguien osaba ir a vernos (Enrique se volvió celoso de su espacio y permitía a muy pocos visitarnos), sobre la manera de apoyarse para evitar accidentes.

Y cuando ya pensaba que aquella casa iba de peor a menos despreciable, me levanta Enrique exaltado para decirme que de las paredes del cuarto de baño manaba agua... y ¡caliente! ¿Cómo era posible? De la regadera apenas y un miserable chorrito de agua se asomaba de vez en vez, y tibia, pues el calentador hacía lo que le veía en gana. Ah, y cuidado con moverle un centímetro la temperatura, pues entonces se apagaba y a llamar a un técnico, ya que nosotros no éramos dignos de tocar a su majestad, y si lo hacíamos acabamos llenos de tizne y con las pestañas y las cejas quemadas. Así de sensible era todo en ese lugar, incluyéndonos claro, pues ahora a cada momento se suscitaba una pelea por el más mínimo motivo.

Ese día no fue la excepción: «Ya ves», me dijo, «¿por qué te hice caso y dejé que te empecinaras en tener este cascarón de hogar?». ¿Qué?, pero si el aferrado a este frío lugar era él. Por no discutir más me paré de la cama para revisar el desperfecto —de alguna manera yo ya era una ingeniera—, y descubrí que la fuga provenía de la azotea, donde, para no variar, se había estancado el agua y filtrado por las viejas paredes. Recuerdo que esa vez me senté en el baño chueco y comencé a llorar.

Yo también emanaba agua tibia por mis mejillas; por primera vez, esa casa y yo compartíamos una misma sensación.

IV

La verdad, el jardín me entusiasmaba mucho. Era el único espacio donde no se respiraba lo irreparable, así lo veía yo. El sol daba de lleno, y aunque aquello era una jungla con la más extraña variedad de plantas conviviendo juntas, me propuse reformarlo, reconstruirlo. La faena fue demoledora: quitar primero toda la hierba mala, que resultó la única que podía vivir ahí, pues el pasto que pusimos tardó muchas semanas en prender, y eso gracias al jardinero, quien casi iba a diario a quitar las yerbas caprichosas. Cuando por fin aquello parecía ir tomando forma, ¿cómo la casa iba dejarme disfrutar un momento aquel espacio?, apareció una plaga de alacranes, otra de gusanos azotadores, los más negros y peludos jamás vistos, y una comunidad de hormigas gigantes, rojas y ponzoñosas, que se encargaron de comerse las nuevas plantas y de mermar las ya existentes.

Enrique, ya medio enloquecido y obsesionado con la casona, llamó a los fumigadores, pero como él era sensible a los productos que se iban a utilizar, me dejó encargada de la tarea de supervisar el buen empleo de los insecticidas y la vigilancia del cascarón que yo me empeñaba en mantener (proyección suya, él era el aferrado a ese pedazo de problemas). No hay que mencionar que, por supuesto, exterminaron la invasión de insectos, pero se murieron casi todas las plantas que sembré (sí, sobrevivieron las antiguas), y yo quedé intoxicada de la casa, de Enrique y de mi vida hasta ese entonces.

V

El jardín, que había resultado la única atracción para mí de aquel lugar, se convirtió en mi peor pesadilla. Cierto día, ya ni recuerdo cuánto tiempo llevaba ahí, mientras regaba el pasto para que no se secara y lograra superar a la mala hierba, comencé a oír llantos. Al principio eran muy tenues, como si un niño pequeño llorara allá detrás de los árboles, o más lejos aún, detrás de cualquier casa. Cerré la llave del agua y traté de percibir de dónde podría venir aquel sonido. Recorrí todo el jardín hasta llegar a una habitación semiderruida que existía al fondo de éste. El ruido se escuchaba más fuerte ahí. Como pude, abrí la puerta, obstruida por el moho, las telarañas y la tierra acumulada ahí por años (esa parte de la casa todavía no era reconstruida). Y ¡zas!, me saltan una media docena de gatos, que si no me mataron del susto fue por lo repentino de su aparición. ¡Por Dios! Estaba invadida de felinos, que además parecían estar sarnosos, llenos de pulgas y con rabia. Después comprobé que no parecían; lo estaban. Enrique, no pudo ayudarme en la tarea de desalojo animal, ya que su alergia al pelo gatuno era casi mortal para su cuerpo. Y como yo, seguramente, nací inmune a cuanto hay en el planeta, incluidos los ataques felinos, me lancé de lleno a erradicar esa plaga, bastante más grande y peligrosa que cualquier alacrán güero.

Me sugirieron ponerles veneno, pero no resultó. Luego tapié con cartones las entradas al cuartucho del fondo, les importó poco, se asentaron fuera de él. Rocié con una sustancia el pasto para que no pudieran echarse sobre la hierba, nada, se treparon a los árboles. Total, tuve que llamar a un viejito, de esos que se hacen míticos por sacar de tu casa lo que sea, y logró, cual pepenador, atrapar a cuatro de ellos, tres gatas (dos preñadas) y un gato. Los otros escaparon. Antes de irse, con su costal lleno de gatos, medio arañado, y con un montón de dinero que me sacó, me dijo: «Volverán». Y volvieron.

No hubo más remedio que acostumbrarse al concierto en gato menor para noctámbulos de casas frías como invierno.

VI

Cuatro meses después de pintada la casa, la humedad reapareció. Era una humedad gloriosa, de esas que florean toda la construcción de manera caprichosa, de esas que pueden pasarse la vida haciéndonos la vida imposible: el salitre. Y otra vez a luchar con la adversidad, ya como costumbre, desde que me había mudado a la casona. En cierto modo, yo era una especie de gladiadora a la que sacan al ruedo a enfrentar una jauría de tigres malhumorados, hambreados y mal dormidos, que debe mantenerse viva, y de paso tener contento al césar: Enrique, quien, curiosamente, alérgico a la humedad, parecía no tener ningún achaque frente a ésta, salvo la molestia de ver como se abrían las flores blancas en las paredes recién pintadas.

Como quiera, aprendí a resanar y retocar con pintura. Salía un poco de salitre aquí y yo corría a evitar que aquello se extendiera más, hasta que apareció esa mancha amarillenta en una esquina de la casa en lo más alto del techo. Como no era salitre, sino humedad de la más vil y mala, tuve que hacer una profunda investigación en la azotea para dar con la cañería (rota seguramente) que estaba provocando esa aparición inesperada. Conseguí dar con la falla, era un bajante obstruido, lo limpié y listo.

Un poco de pintura y ya. Pues no, en esa casa nada era así de sencillo y fácil, ¡qué va!, ahí, lo bizarro era cosa de rutina. Y la mancha amarilla, como si fuera una ameba mutante, se deslizó y se colocó justo a un lado de donde había yo pintado.

«Mira, mira, no pintaste bien. La mancha sigue ahí». La voz de Enrique ya comenzaba a sonarme como la de un jefe impertinente, diminuto e inútil que sólo sabe gritar para sentirse a gusto. Volví a pintar, y al día siguiente la mancha se había desplazado otra vez. ¿No estaré volviéndome esquizofrénica? ¿No estará Enrique volviéndose esquizoide? ¿No nos estaremos volviendo locos aquí? Yo había desaparecido esa mancha, lo juro. Bueno, quizá el cansancio me hizo suponer que la cubrí bien y no fue así, en fin, volví a pintar. Sí, al día siguiente reapareció triunfante y feliz. «Ah no, ahora la mato». Y en un acto titánico, de esos que la desesperación suele llamar valentía heroica, pinté todo el techo. Nada, la mancha volvió a salir ahora sobre una pared lateral de la sala. Ya no era cuestión de heroicidad, ya era cuestión de salud mental, tenía que aceptarlo, la casa no me quería y haría hasta lo imposible por acabar con mi paciencia, mi vida y mi cordura. Como un deber a mí misma, a nadie más, me dispuse a abandonarla.

VII

«¡O la casa o yo!», le grité a Enrique. Pues la casa, por supuesto. Él se quedó con ella y yo hice mi maleta. Recuerdo que antes de irme quise echar un último vistazo al lugar. Lo recorrí todo: el inmundo baño; la cocina donde casi pierdo el cóccix, pues por alguna razón que sólo la dimensión desconocida sabe, el piso siempre estaba como lleno de grasa;

la sala, que era propiedad inequívoca de la mancha trashumante; la recámara, donde escuché un sinfín de conciertos para gatos, y donde se acabó lo que se daba en mi relación con Enrique; el jardín, que ahora estaba más verde y más bonito que nunca. Ahí me quedé un rato mirando cómo por lo menos ese esfuerzo había, literalmente, dado frutos, pues los árboles frutales comenzaban a llenarse de flores. Entonces, por un instante, pensé «¿Y si me quedo?. Si hago un último esfuerzo y trato de recuperar lo que aquí se ha perdido...». Y ¡zas!, que se revienta el tinaco y sale disparado el tapón que lo cubría como un torpedo asesino, que fue a retumbar a una de las paredes de jardín haciendo que se cayera un trozo considerable de muro. De no haber sido porque el agua que emanó de golpe me tiró al suelo, estaría ahora en otra parte, si es que hay otra después de la muerte. Mojada y todo, ya no quise ni cambiarme la ropa, tomé mi maleta y salí de ahí presurosa. Enrique no estaba, se había ido a buscar a quién sabe quién, seguramente a un reemplazo de ingeniera que le volviera a atender la casa. Antes de salir, cerré bien, no deseaba que un pedazo de frío me siguiera a donde fuera, y aventé las llaves por la ventana. Crucé la calle y un hombre no muy mayor vestido de blanco me sonrió a medias, se quitó el sombrero cuando pasé a su lado y me dijo: «¿Expulsada del paraíso? No se agobie, pase por aquí, y vayamos por allá que hace un sol maravilloso». Extrañada, acepté el consejo y me alejé con él sonriendo, mientras la luz desvanecía lo que dejé al dar la espalda. «Ah, y es mejor que deje su equipaje».

De *Registro de Imposibles*

El oculista

Esta pasión de mirar como te miran comenzó hace años. Yo todavía no trabajaba para el gobierno y era joven, fue cuando llegó a mí un cliente al cual para proteger su identidad llamaré B. B tenía unos ojos muy grandes y claros (también evitaré dar el tono de ellos para que a su vez guarden anonimato).
　-Algo me pasa en los ojos... -dijo.
　Y calló unos segundos mientras me miraba como si no se atreviera a continuar. Entonces yo me aventuré a sacarlo de ese estado:
　-¿Qué le pasa a sus ojos?
　-Con el derecho veo una cosa y con el izquierdo otra.
　Contestó pesadamente.
　-Mmm. Cuénteme más.
　-El ojo derecho ve lo que usted hace en este momento: consultándome. Pero el izquierdo está siguiendo la vida de otra persona que se encuentra a muchos kilómetros de aquí.
　Yo quedé mudo. ¿Cómo un ojo puede estar persiguiendo la vida de otra persona sin estar físicamente detrás de ella? Mi cliente era un perturbado mental sin duda. Pero con la mente abierta que da la juventud y la necesidad de conservar a los primeros pacientes, yo intenté no mostrar mi incredulidad y

acerté en decirle con una seguridad asombrosa:

-No se preocupe, vamos a dar con el origen de su problema.

Tomé mi lamparita (nervioso, desconcertado) y observé sus ojos detenida e incansablemente. Dentro de los iris de B existían diversos funcionamientos visuales como en cualquiera. Del lado derecho se acumulaban las imágenes certeras cohabitando con las imágenes que B seleccionaba de todo aquel universo de visión. Su ojo derecho veía el presente, las acciones normales y cotidianas. Le permitía desplazarse por el mundo, mirar a los otros como lo miran y lo ignoran, le temen y lo desean, se aproximan y se alejan, lo analizan y lo penetran. Con el ojo derecho B llevaba su vida cotidiana. Podía cerrarlo y atraer contra sí los recuerdos de las imágenes inmediatas, las que su nervio óptico acababa de reciclar en su cerebro.

¡Pero el izquierdo! Ahí se desataron los problemas de la consulta. Ese ojo era un rebelde, un anarquista de la visión. Un desertor de las buenas costumbres, de la normalidad. Ese ojo era un hijo de la locura, en él yo no vi mi figura reflejada, ni la luz de la lámpara, ni el entorno de mi consultorio. Ahí, en ese ojo, había otras imágenes...

-¿Por qué? -le pregunté abatido después de examinarlo incansablemente- ¿Por qué no mira lo que debe mirar si es un ojo perfecto y funciona como cualquier otro?

-Porque está enamorado.

Si usted esperaba una respuesta más inquietante o menos ordinaria, más identificada con un proyecto secreto o de guerra. Quizá hasta imaginó una posesión diabólica, o una herencia de hechicería. Tal vez la intervención de un virus nuevo en el ambiente, o el principio de una locura certera. ¿Por qué no una mutación? O un avance genético que a todos nos espera. Pues no, ese ojo izquierdo estaba enamorado, simplemente.

—Cuénteme —le dije tratando de ocultar la voz un tanto trémula.

B comenzó a narrar y yo a registrar en una pequeña grabadora (que saqué hábilmente del cajón de mi escritorio) aquello. Mi inquietud científica había caído fulminada por esa particularidad.

—Yo no debí jamás encontrarla, pero la encontré. Cosas de ese cruel destino que a todos nos ataca. Ella estaba ahí como si fuera su pertenencia, sin saber por qué, usted sabe, la ignorancia sentimental es la peor de las ignorancias. Yo no me di cuenta inmediatamente de esa cadena de afección, fue mi ojo izquierdo el que ya no pudo separarse de ella. Notaba que si yo miraba hacia un lado, él lo hacía opuestamente. Mi ojo era como un girasol que la seguía como a la luz. Así, ella acaparó mi campo visual trastornando mi entorno. Estrabismo, pensé, padezco de estrabismo. Y fui directamente al oculista, al primero, que no encontró nada raro, me recetó unas gotas para la resequedad y me mandó a casa.

Con esa breve tranquilidad me tumbé en la cama. Intenté cerrar los ojos y sólo el derecho obedeció. Por más esfuerzo que hacía para que el párpado izquierdo cayera, no cedió. Fue cuando sentí un golpe en las pupilas y la vi a ella frente a mí. Era tan real, se acercaba amenazadoramente. De pronto entró violenta en mi ojo izquierdo y me distrajo los nervios, la fuerza, la templanza. Después me vino una fiebre dolorosa, una fiebre del pensamiento: sólo pensaba en ella, sólo la veía a ella. Mi ojo izquierdo sufrió una inflamación profunda, se enrojeció en extremo. Comencé a ver borroso, cada vez más. Luego las imágenes se aclararon y el derecho volvió a la normalidad, pero el izquierdo guardaba una imagen: la de esa mujer. Estaba ahí, pálida y desierta como una duna ondulante en la pupila dilatada, calzándose unos zapatos de tacón. Me consulté por segunda vez. El oculista de ese entonces me recomendó no forzar la vista e ignoró por completo la historia de mirar a distancia a otra persona. Sólo prestó atención a mi relato cuando le dije que sentía como si trajera una piedrita en el lagrimal: "Algo dentro del ojo me lastima". Él tomó su lamparita e inició la exploración. "Sí, en efecto veo algo" y buscó unas pequeñas pinzas. Con trabajo comenzó a extraer del lagrimal un diminuto zapato de tacón. Con extrañeza lo examinó bajo su lupa y, guardando su turbación, agregó: "Lo que hacen ahora, puras miniaturas. Cuánto riesgo para los ojos". Le pedí que me diera aquello y salí de ahí consternado...

Detuvo su relato y comenzó a rascarse el ojo izquierdo. Después llevó su pañuelo hasta el lagrimal y lo apretó con fuerza. Lo miró y me mostró el contenido.

—Bueno, esta vez es un cenicero, fuma mucho...

Anonadado miré aquella miniatura y la tomé entre mis manos para examinarla. B continuó el relato sin percatarse que yo casi perdía el aliento.

—Pero llorar pequeños objetos no era un problema. Bueno al principio sí, pues la inflamación me molestaba mucho, pero aprendí a extraerlas a tiempo y el dolor se hacía breve. Lo que realmente me molesta es que mi ojo izquierdo sólo la ve a ella. La sigue por todos lados, como si fuera una cámara secreta la persigue por doquier. De aquí para allá mi ojo la vigila y la conoce. Desde que se levanta hasta que vuelve a la cama. Sabemos sus hábitos, sus recorridos por la ciudad, sus debilidades, sus preferencias, sus aflicciones, sus perversiones, sus odios y sus aprecios. Todo aparece ante mi ojo izquierdo mientras yo fijo la vista en el techo de mi habitación. Soy un voyerista y me avergüenzo de observar la vida de alguien como si estuviese frente a una pantalla. Intenté clausurar mi ojo, parchar esa realidad que no era la mía. Sin embargo, el izquierdo no hace caso a nada y aún así mira. También es fetichista, por eso llora pequeños objetos, los roba. No me mire así, yo creo que los mira tan fijamente que los atrae hasta sí y luego los llora. No sé cómo lo hace, es su secreto. Así nos hicimos de zapatos, anillos, aretes, medias, blusas, plumas, platos, cucharas, sábanas, fotografías, lencería, todo mi ojo izquierdo lo llora para él y para mí. Porque yo también me he enamorado, tanto seguimiento de su vida acabó por conquistarme.

B volvió a resguardarse en el silencio. A perder su vista en un punto lejano de la habitación mientras yo trataba de escrutar aquellos ojos extraños y cristalinos. Suspiró y continuó la historia.

-Reflexioné mucho y decidí tratar de acercarme a ella, pues la locura acabaría por envolver mi cerebro si no la tocaba, si no hacía físicas todas esas imágenes. Coincidimos en una fiesta. Ahí estaba. Por primera vez mis ojos veían lo mismo, salvo cuando ella desaparecía de mi campo de visión, entonces el izquierdo como un guardaespaldas la monitoreaba. Ella me descubrió entre la gente, me miró y me lanzó una sonrisa de reconocimiento. Me saludó de lejos como si fuera un viejo conocido, alguien con quien se topa todos los días. Sentí la incomodidad de estar tan presente en su vida que ya no le excitaba verme. Sentí que no me añoraba como cuando deseas poderosamente encontrarte con alguien y, cuando estás cerca ya no sabes cómo comportarte, ni qué hacer. Me entristecí y me varé en mis conflictuados sentimientos, mientras el maldito ojo izquierdo la perpetuaba por cualquier parte. Después de varias copas me atreví a buscarla. Necesitaba hablar con ella, que me escuchara. Yo conocía su voz, su sonrisa, sus movimientos, pero ella seguro nada de mí...

El ojo derecho de B se enrojeció y se humedeció traicionando la serenidad de su rostro, la entereza de su voluntad, la decisión de continuar su relato. Me pidió que cerrara un poco las persianas pues la luz cada vez le hacía más daño. Tragó un poco de saliva y prosiguió.

-Por fin las circunstancias nos arrojaron a estar juntos y solos. Ella me sonrió con esa sonrisa que yo sabía de memoria. "Te conozco como nadie te conoce", le dije. "Lo sé" y agregó "Puedes llevarte los objetos que quieras, puedes mirarme cuando quieras, puedes, pero jamás podrás tocarme. Así lo quiero yo y el ojo. Además tú no eres el único." Se dio la vuelta, tomó su bolso y sé fue. Mi ojo izquierdo tras ella. Yo me quedé atascado en mi cuerpo con mis sensaciones, con mi ansiedad corporal.

B se incorporó de golpe y me dijo con mucha determinación:

-Quiero que me extirpe el ojo.

Me comentó que no era yo el primer oculista que veía. Recorrió un largo camino antes de llegar a mí y, todos se negaron a sacarle el ojo porque estaba completamente sano, aludiendo que B era quien necesitaba un tratamiento de otro tipo.

-Pero usted ha visto como lloro objetos, eso es lo único a lo cual tengo acceso en esta relación que me tortura.

Accedí a extirparle el ojo. Debo admitir que quería quedarme con él y diseccionarlo, estudiarlo para dar con el origen del fenómeno. B aceptó donarme el órgano si yo lo operaba inmediatamente. La intervención fue sencilla. El ojo no opuso resistencia. Salió del rostro de B sin ningún conflicto. Yo me quedé con él y lo estudié hasta el cansancio. No descubrí nada, era normal, orgánicamente perfecto. Acepté mi desilusión porque la ciencia es así: fatalmente certera ante los hechos.

    Seguí viendo a B hasta que sanó la herida. Mi cliente estaba tranquilo y poco a poco se fortalecía su ánimo. Y antes de marcharse definitivamente -ya se había recuperado por completo de la operación-, me atreví a preguntarle:

    -¿Está seguro que extirpar el ojo fue la mejor solución? ¿No extraña a veces esas imágenes? ¿Esa insólita particularidad en su persona?

    -Sí, pero la vida es más que una imagen...

De *Registro de Imposibles*

Epístolas

Para José A. Carbonell Pla

Detente, sombra de mi bien esquivo, imagen del hechizo que más quiero, bella ilusión por quien alegre muero, dulce ficción por quien penosa vivo.
Sor Juana Inés de la Cruz.

Esta vez no escapará, pensé. Esta vez la detendré y les probaré a todos que estoy en lo cierto, dije. Y como siempre, llegué tarde. Quizá fueron sólo unos minutos, unos segundos, suficientes para que esa sombra de la noche se escapara. Maldición, me dije. Como si ello me ayudara a sacar la frustración de adentro. Y nada, sólo más tristeza. Ella se había vuelto una obsesión, una idea atrofiada en mi cerebro. Aquí y allá la veía e intuía, incluso, pensé que me seguía, pero era una idea absurda; no le intereso, no le proporciono ningún placer. Ella busca otras vidas, va tras otra sangre. Yo sólo soy su fiel perseguidor que algún día morirá sin haberla visto, sin haberse siquiera asomado a su rostro, siempre nebuloso, frío, hostil. Eso pensaba.

—¿Ahora ya no?

La quiero cada vez más, cada vez que descubro algo nuevo en ella, como si ya me hubiese probado, como si su veneno mortal estuviera por mi carne, circulando su deseo y el mío juntos. Repito su nombre, que no conozco porque ha mutado muchas veces, y cambia con ella, con el siglo, con la máscara y la piel que se inventa en las historias anónimas que, sin embargo, quedan. Porque así, como yo, ha tenido otros perseguidores, otros seres que se han obsesionado con su sombra. Triste ¿verdad? Pero ésa es mi profesión; mi tarea, encontrarla, matarla. Y a pesar de que pensaba que no era nada para ella, siempre me deja rastros, notas y víctimas lastimeras, quizá para provocarme.

—¿Notas? ¿Rastros? ¿Está seguro de que lo provoca? ¿Podría darme un ejemplo?

¿Por qué noto un dejo de incredulidad en sus preguntas? Todos ustedes son un chiste, no entiendo cómo, trabajando para la Hermandad, siguen de escépticos. La verdad, me da lo mismo si me cree o no; si estoy aquí es porque ellos creen que soy otro caso más sin control, ligado a ese enemigo, porque así la ven, sabe, como una asesina que no han podido parar y que se ha acercado sigilosamente a ellos y a los suyos a través de los siglos y por los siglos, amén. Eh, no mueva la cabeza de ese modo, usted no entiende lo que es ser la víctima y no el victimario, lo que se supone debería ser al revés. No se imagina, ni por asomo, ser la diversión de este ser, que a mí se me antoja maravilloso aun en su obscena maldad, mientras encuentra a otro u otra que vaya detrás de su imagen perpetuándole la sensación de existencia.

—Vuelvo a preguntarle: ¿cómo lo provoca?

Escuche bien, porque esta historia, que ellos guardan sigilosamente, yo se la entregué hace poco, les ha cambiado la perspectiva del enemigo, ahora saben que no es un ser de perfil bajo, que no se oculta en las terribles sombras, ni se asusta con los crucifijos o los collares de ajo, que se sobrepone a todo

y que es la más peligrosa. Y mi último hallazgo los tiene a ellos temblando y a mí aquí con usted...
—Cuéntemelo.
Mi equipo y yo llegamos a una vieja casona ubicada en el centro de la ciudad. Ahí nos informaron, sucedían cosas de carácter extraño, y, de acuerdo a mis informantes, podría ser la sombra que yo venía persiguiendo desde hacía muchos años. Me sorprendió aquello, pues tenía casi una década sin aparecer. El sitio no podía ser más deprimente, oscuro y con escasos muebles; las habitaciones, vacías casi todas, salvo una en la parte superior. Ahí tenía una cama y un pequeño escritorio con una computadora. «Hemos encontrado algo en la pantalla de la computadora, señor». Fue lo que dijo uno de mis ayudantes, pero no hice caso a su voz; ella ya no estaba en esa casa; su aroma, si acaso tiene, se escapó: ya no estaba ahí. Pero como un enajenado de su persona, me levanté de mí mismo y subí las escaleras obedeciendo la voz de mi asistente, quien volvió a gritar que había encontrado algo. Seguro es lo mismo de siempre, unas ropas viejas, un libro antiguo, alguna pertenencia absurda e insignificante que ella se permitió olvidar, para restregarme en la cara que puedo quedarme con eso, porque para ella no tiene importancia... «Esto va a sorprenderlo, señor. Es una carta. Un correo electrónico. Mire, parece que no tuvo tiempo de enviarlo, parece que llegamos antes de que pudiera...»
Lo hice callar. No quise escucharlo. Encendí un cigarro y ordené a todos salir de la habitación. Cuando encuentro algo que le perteneció me gusta disfrutarlo en la intimidad. Sí, puede parecer morboso, pero ¿acaso lo que hacemos no lo es? En fin, les dije que registraran el resto de la casa y me quedé solo ahí, frente a la computadora, frente a ese mensaje.

Antes de leerlo anoté la dirección electrónica, es inútil recabar esta información, ella la cambiará cuantas veces quiera, pero sólo por si acaso, tal vez pueda rastrear sus correos. Sonreí, porque sé que ella no es tonta, no deja nada a la casualidad y todo lo calcula. Pero quizá en esa ocasión no tuvo tiempo de enviar el mensaje, ni de borrarlo. Puede ser, pensé, que esa vez yo le llevaba un poco más la delantera, me entregué de lleno a atraparla, y sí, estuve así de cerca de conseguirlo. Seguro estará maldiciéndome porque estoy cada día más próximo a encontrarla, a atraparla. Yo no tengo que dormir de día y puedo soportar la noche entera con la sola idea de clavarle la estaca más dolorosa. No me vea así, la odiaba, eso es cierto, pero es mejor detenerme, por ahora debo concentrarme en la historia que le estoy contando a usted y en el contenido de esta carta. Le decía, saqué mis anteojos y leí. ¿Quiere que le lea su contenido? No me mire así, ya sé que es delito quedarse con evidencia, pero yo hago siempre un archivo de respaldo, ya sabe cómo se han quemado, o ha quemado la Hermandad, miles de documentos, así la historia se pierde o se pervierte. Luego, uno inventa cosas y va por ahí haciendo especulaciones, que finalmente es la base de todas nuestras vidas.

—Lea la carta... y evite sus «especulaciones» sobre la Hermandad.

—Usted también es como yo, como todos ellos...

—¿Cómo es eso?

—Es un morboso... No diga nada, leo:

¿Cuándo dejaremos de reprocharnos? Siempre que recibo noticias tuyas no puedo menos que violentarme y me invade el deseo de ir hasta donde estás y darte una bofetada, pero me quedo quieta y

pensando. Sí, las reflexiones no me han dejado desde que decidí escribirte. Quizá, y eso lo tengo claro, necesito un verdugo para expiar mis culpas. Pido perdón por mis cartas anteriores, ciertamente la paranoia hace presa de mí y el melodrama me oscurece la conciencia: soy trágica por naturaleza, por mi vieja naturaleza humana.

Y como a ti te gusta torturarme con el pasado, vuelvo a tomar el hilo de la historia, vuelvo al laberinto de una mujer que dejó en mí profunda huella y atizó esa febrilidad que nunca me abandona, vuelvo al amante del que sin duda más he aprendido. Porque en eso no te equivocas, las pasiones son en mí como las tempestades a la mar, ¿qué sería yo sin ellas? Voy a revelarte a ti esta historia, mi historia.

La vi por primera vez caminando por el Zócalo de la ciudad de México apenas caía la tarde; las tardes de noviembre por aquel entonces eran todavía tibias y oscuras. Yo me había levantado con el humor terrible, con la idea de que este país pronto habría de expulsarme, pero al ver a aquel ser discutiendo acaloradamente sobre Isis, algo en mí dedujo que aquella mujer guardaba una inteligencia sobrada (lo único que siempre logra seducirme). Su conversación me obligó a seguirla de cerca, iba con dos cortesanas y un caballero, él era el único que de vez en cuando le oponía alguna resistencia a sus conjeturas. Y pensé: «Tú eres Isis, diosa de nombre duplicado que también es doble al poseer el saber profano y divino. Yo debo y quiero ser tu sombra, eres lo que deseo.»

Antes de presentarme ante ella, cambié de aspecto (dejé mi levita negra, mi confinamiento) y me integré de nuevo al retruécano de la vida barroca, de la cual ya estaba harta. Me costó un poco de trabajo integrarme a la Corte, pues durante mi retiro había hecho amistad con la alteridad de la Nueva España:

indios idólatras, cismáticos protestantes, moros y judíos. Pero como nuestros encantos son múltiples y diversos, logré hacerme de un par de amantes, caballeros de alta honra, de indiscutible pureza de linaje. Ellos me volvieron a incluir en ese hábitat donde se velaba a los muertos y se cortejaba a las vivas, donde se celebran los natalicios y se lloran las ausencias. Encajé perfecta y perversamente e inicié amistades banales con la única intención de enterarme de la historia de Juana Inés. No esperé mucho, dos o tres meses, después ya sabía todo al respecto: debilidades, gustos, ideales, afinidades, enemigos, protectores, todo. Volví a dejar la Corte, no la toqué ni la seduje en ese momento, no soy tan evidente, me gusta la invisibilidad, me gusta mirar y no ser vista, preparar el bocado hasta saciarme, incluso antes de probarlo inesperadamente. Me gusta no despertar la sospecha de mi deseo. Así que mis ansias las descargué en uno que otro caballero inútil que tuvo el error de expresar un mal pensamiento sobre mi querida amiga. La tachaban de monja loca, mujer sin razón, poeta de verso infame y protegida de la virreina por favores mal vistos. El mal visto fue algo que retumbó en mi cabeza como una frase incomprensible, yo estaba ante una Corte llena de lujuria, donde el alma y el culo son amantes conformes, donde la laxitud de la moral sexual era fascinante, perversa acaso. Yo conocía la vida íntima de muchos de los acusadores: hombres y mujeres que veían satisfechos sus apetitos sin miramientos, sin culpa, llenos de sensualidad exaltada. Formaba parte de ellos, lo disfrutaba. Era mi siglo, era mi tiempo, eran ascetismo y erotismo los que se gestaron en mí desde la infancia. No había lugar en mí para el rigor, sí para mis desvaríos.

Aparecí de pronto sin permiso en su celda, recargada entre la pared y sus libros como una sombra.

Y eso fui: una sombra. Su inteligencia siempre tuvo un doble movimiento hacia mí: el de la voluntad de creer, el de la voluntad de dudar: «Creo en vuestros ojos, dudo de vuestra boca, y en vuestro cuerpo sólo existe la ausencia. Sois como yo, una viuda que ha perdido al amante, pero ¿quién es el amante?». Cómo disfruté su corta compañía; cómo discutimos durante las infatigables noches sobre la vida y la muerte, la razón y el amor, el deseo y la religión, la eternidad y la soledad...

No creo que sea necesario contar más, pues es un recuerdo mío y sólo mío; compartirlo totalmente me dejaría creyendo que con cada palabra que te he confiado se marchan los detalles y su imagen. En fin, le ofrecí la eternidad y... Bueno, con un escáner que he comprado (este siglo cómo me seduce con su tecnología), te envío una copia de la última noticia que tuve sobre ella (va en un adjunto), saca de ahí tus conclusiones y deja dormir en mí este recuerdo.

K.

—Y ese adjunto ¿qué decía?

Lo dicho: todos nosotros somos unos morbosos. Ellos más; debieron darle una copia de mi expediente. ¿De verdad ahí no le anexaron los documentos de mi última cacería? Me resulta extraño, quizá quieran comprobar si no les estoy ocultando información...

—Me parece que usted «especula» demasiado. ¿Tiene o no ese documento en su archivo de respaldo?

Sí. Como ella lo había escrito, ahí estaba ese adjunto escaneado, bajé un poco el cursor para abrirlo y por poco doy una orden equivocada que pudo borrarlo todo. Nervioso, encendí otro cigarro mientras la computadora desplegó el archivo para mí. Ahí encontré la imagen de un documento antiguo, escrito con una finísima caligrafía, marginada un poco por el tiempo que muestra cómo la tinta va muriendo sobre el papel, cómo se ha envejecido y cómo se ha leído una y otra vez esa carta. Es una sensación que percibo por el deterioro de los contornos del papel, debe de ser una carta que acompaña siempre a su dueño. Debe de tener muchos años, cientos de años... Leo:

Mi adorada K

Yo os rindo por tributo mi razón para lograr vuestras atenciones. ¿Por qué tan sola me habéis dejado? ¿Os enfadan mis concertadas discusiones, mis distintos cambios de ánimo que ante vuestros ojos infelizmente mueren? ¿Acaso mi desdichada arrogancia? Bien sé, debo iniciar la huida y abandonar esta existencia que me afrenta con su exceso de beldad, con sus nefastas e ignorantes compañías.

Sin duda he trazado mi vida como trazan los dioses los laberintos, llena de intrincadas vueltas y entretejidas lanzadas; soy una triste prisión, y vuestros ojos, despojos de mi fortuna, lo saben. Soy como una bestia, el Minotauro de formas contrarias, que no posee más salidas que la de estar dentro guardando la entrada. Y no me guardo de quien tan altivamente hago entrega de lo mío, mientras me ofrecéis entrar en esa oscuridad que perfecciona la miseria humana; es un trueque tentador para ambas partes. Sin embargo, temo. Temo no sentir el latido del aprendizaje recorriendo mis venas frescas; temo dejar para después lo que ahora me mantiene viva; temo entregarme impaciente a la sangre y no al conocimiento de la razón humana. Débil soy, débil me siento. Miradme, y no penséis que mis ansias os lo piden por alivio, no os rechazo, os pido que me guardéis como a una íntima amiga, os pido vivir en mí, en voluntario cau-

tiverio, cerca de mi humor soberbio. *No abandonéis por despecho a esta amiga, que se duele por tener la razón muy corta ante vuestras manos, por no desear la eternidad sino vuestra presencia, vuestro discurso y protesta.*

Al leer esta carta no os preguntéis más por qué no quiero, que lo que yo no declaro, no es bien que procuréis descifrarlo. Si allá a solas, de las premisas que seguro haréis, sacáis alguna suposición perversa, será sólo ésta: quien no ofende amando en amar no desagrada.

Sin hacer gala de ingrata os digo que razón es preferir y yo prefiero la vida.

Juana Inés.

La leí muchas veces en pantalla. La sentí para mí, no que fuera para mí, si entiende la diferencia, ella compartió conmigo esa carta, quizá uno de sus más preciados recuerdos.

—¿Y por qué cree eso?

Porque apreté el botón de enviar; quería que ese mensaje fuera a quien ella hubiese deseado enviárselo, pero la orden es rechazada porque la dirección electrónica no existe, no hay remitente. Sonreí. «Eso no pudo ser un descuido». Imprimí los documentos y los guardé en mi saco. Borré el mensaje. Y si no hubiese sido porque uno de mis ayudantes amenazó con delatarme, ustedes nunca hubieran sabido de la existencia de estas epístolas...

—Me han dicho que va a abandonar la hermandad.

—Sí, es cierto.

—Es nuestro mejor perseguidor, lo sabe...

—Sí, es cierto.

—¿Entonces?

No hay entonces, sólo ahora, y eso lo supe cuando salí de esa casa con las cartas en el bolso de mi saco y respiré profundamente. Dentro de mí algo se volvió más ligero, más tranquilo aunque no conforme, yo era como la noche, quien desde afuera me devolvió ese mismo sentimiento compartido... y pensé *«si razón es preferir, yo prefiero la vida»*...

Bocabajo

—¿Cómo se le ocurrió intentar tal cosa?

Y la pregunta lo transporta a su habitación, donde, recostado en la cama, escucha a su abuela chocar aquí y allá unas cazuelas en la cocina. No puede concentrarse en sus revistas con tanto ruido, no puede prestar atención a sus cavilaciones, así, en medio de tanto estruendo. Busca unos cigarrillos. Fuma. Su abuela ahora le grita que no encuentra sus muelas desde hace una semana: las necesita pues ya se hartó de comer sólo papillas y caldos, desea un pedazo de carne. Él mira el calendario, hoy es día de cobrar el cheque de la pensión de su abuela. Se levanta y se viste, va hasta donde la anciana. Ella está sentada con los pensamientos puestos en sus muelas.

—Ya es hora de ir por el cheque.

—Yo no voy si no me encuentras mis muelas.

—Luego se las busco. Si no nos apuramos...

Y la anciana, sin dejarlo terminar, empieza a berrear, a gritar, a tirar las cosas.

—Siempre dices lo mismo y no haces nada...

Vuelve a lanzarle cosas. Él intenta sujetar, pero ella es muy fuerte, a pesar de su edad logra lanzar al nieto contra la cómoda. Como es lógico, el muchacho se enfada, la toma con más fuerza del brazo, la sacude y acaba por darle una bofetada. La abuela se lleva la mano al labio, la mira llena de sangre y entra en pánico. Cae al piso y se revuelca en una rabieta de senilidad intolerable. Él ya no le hace caso, supone que es otro teatrito para hacerle la vida más pesada, total, después de cobrar el cheque la lleva a tomarse un pulque, con eso hacen las paces siempre. Quizá esta vez le compre dos tarros para que se quede bien noqueada hasta el día siguiente. Pero la anciana, de pronto, no se mueve ni le grita cosas. Él, supone que algo anda mal. Mira a su abuela, espera unos segundos, a lo mejor ahora sí es en serio. Un sudor frío le advierte que aquello se ve mal y entra en pánico. El silencio colgado de pronto por todos lados, la calma observándolo desde todos los sitios, lo trastornan, además ahí está la abuela bocabajo como una cosa inerte. Él se acerca y le da una patadita, no se mueve, le da otra con más fuerza y otra más, nada. La gira con mucho cuidado: horror, los ojos los tiene muy abiertos. Pega su oído al pecho de la anciana, aprieta los labios, quizá invocando una posibilidad que se ha ido, ella ya no respira.

—¿Por qué tenía que hacer eso?

No termina de escuchar esa otra pregunta porque él ya está de vuelta reviviendo aquello en la casa de su abuela, se encuentra ahí, frente a ella, con un poco de sangre en la mano, pues el labio no deja de sangrar. Con cierta angustia la levanta del piso, la recuesta en la cama, le cierra los ojos, no soporta más como lo miran con ese aire de reproche, ni siquiera muerta tiene otra manera de verle. Camina de un lado a otro de la habitación, luego se asoma a la calle para ver si no hay algún entrometido, alguien que pasando azarosamente por ahí hubiese escuchado los gritos, la pelea. Nadie, afuera sólo hay calma. Vuelve a su cuarto, se echa en la cama, cierra los ojos y se queda dormido... Al despertarse, ima-

gina todo aquello como un sueño, como una penosa pesadilla de ésas tan reales que aún después de despertar uno sigue con miedo. En la pared vuelve a distinguir el calendario y la fecha marcada. «El cheque, tenemos que ir por el cheque».
—...No se haga el sordo. ¡Conteste!
Él baja la cabeza y murmura unas palabras.
—¡Hable más fuerte!
Pero él ya está levantándose de golpe de la cama, peinándose, buscando su cartera, listo para ir con su abuela por el cheque. Cuando entra a la habitación, la encuentra dormida; él quiere suponer esto, pero al acercarse comprueba su error: la anciana está bien muerta, demasiado muerta, tan muerta que no podrá cobrar el cheque. Y se molesta. Debería estar triste, por lo menos sorprendido al darse cuenta de que aquello no es un sueño, debería sentir algo, pero la idea de no cobrar la pensión lo pone histérico. No sabe qué hacer, va de un lado a otro, desconectado de cualquier posibilidad. Enciende la televisión. Pasa una media hora y él sigue ahí viendo la tele. Busca un poco de agua para refrescarse, el calor lo aturde, es infernal esa casa cuando llegan las doce del día. Se recuesta a un lado de la abuela. Cambia de canal una y otra vez tratando de tranquilizar su cabeza, para eliminar el maldito mensaje que retumba en su interior: «Tienes que cobrar el cheque». No está pensando: «Soy asesino de viejitos» o «Debo llamar a la Cruz Roja para que se la lleven, para que verifiquen que ha sido un terrible accidente». Claro que está la cosa del golpe, él le reventó el labio, y pues seguro lo acusan de violencia intrafamiliar, ya ahora están muy duros los de derechos humanos, ellos no van a entender nada de nada. Nadie le va a creer que él no quiso matarla.
Mira su reloj, las doce y media, la fila ya debe de

dar la vuelta a la manzana. Tienen que irse ahora o no podrán cobrar el cheque hasta el lunes, y él se morirá de hambre, no podrá llevar a Lupita al cine ni comprar sus revistas. Con terror comprueba cómo gira y se reacomoda el porvenir: su salud, su vida afectiva, su futuro se vendría abajo, todo porque se le ocurrió a su abuela morirse así como así, a finales de mes, sin cobrar el cheque, sin arreglar las cosas para dejarlo bien protegido. Seguro las tías se le van a echar encima en cuanto sepan que ya se les murió la madre, lo sacarán de la casa para venderla y él vagará como paria, porque todavía no sabe hacer nada. Eso es injusto, ellas nunca la atendieron, en cambio él... Debe cobrar el cheque, tiene que resucitar a la abuela. En eso piensa cuando la televisión parece hablarle con una voz conocida, y es así, reconoce la voz de una de esas telelagartonas de siempre, la recuerda de niño, de adolescente, ahora de joven y de seguro lo enterrarán con esa voz, porque esas mujeres de la televisión parecen estar momificadas de por vida, encontraron alguna forma para mantenerse al aire por una eternidad. Él las odia, porque son viejas y viven, porque están ahí, quitándole la oportunidad a otros: «Criaturas del demonio», y al pronunciarlo una idea le sacude el cerebro.

—Podemos quedarnos aquí el tiempo necesario hasta hacerlo hablar, le sugiero que empiece a dar respuesta o la va a pasar mal. ¿Por qué le hizo eso a su abuela?

¿Si la momifico? Su cabeza por fin empieza a ordenar sus pensamientos. Apaga la televisión. No sabe gran cosa del tema y no conoce a ningún embalsamador, ni siquiera tiene amigos que les interese la medicina, pero él debe hacer que la abuela resista tres días para poder cobrar el cheque el lunes, pues ya son las doce y media del día y a la una de la tarde cierran las ventanillas donde atienden a los pensionados. Decide salir, ir a la biblioteca, buscar soluciones...

—¿Estás ahí muchacho? Si sigues con esa actitud me voy a ver en la necesidad de darte un...

Y mientras recibe el golpe en la cabeza, de su cerebro brotan nuevas imágenes: él vaga por el mercado buscando entre la multitud una salida a sus preocupaciones. Se detiene frente a la pescadería y observa con detenimiento los ojos absortos de los peces muertos cuyos cuerpos descansan sobre el hielo. «¿Qué va a llevar, joven? Están fresquecitos, mírelos». Él se acerca, los contempla con atención perversa, y una idea casi involuntaria lo sacude: si a su abuela la mete en hielo, ¿se mantendrá fresca? Una mueca semejante a una sonrisa le hiela la conciencia e inmediatamente va hasta donde el expendio de cervezas y...

—Hace calor aquí dentro, ¿verdad muchacho? El calor es infernal por esta época del año... Y pues aquí nos vamos a quedar asándonos hasta que a ti te dé la gana contestar.

La figura de su abuela yace bocabajo cubierta de hielo. La metió en la tina más grande que encontró en la casa, como ella no es muy grande la acomodó perfectamente. Él la mira. Tiene observándola algunas horas, tantas que no se ha percatado de que el color va palideciendo poco a poco, el color también se muere. Él se queda dormido.

Despierta, la noche sigue ahí. El hielo se ha vuelto agua y su abuela flota bocabajo, desnuda y bocabajo. Nunca se había fijado en la figura de ella, en lo arrugado de su espalda, en la poca vellosidad de su cuerpo, en la flacidez de sus músculos, en las manchas oscuras que cruzan toda su piel: «¿Cómo puede ir así por el mundo, con los senos caídos y las nalgas secas?». La ve nuevamente y lo invade un pequeño asco, un leve mareo. Es entonces que la voltea, los ojos de la anciana parecen cubiertos por una delicada tela opaca que encierra el brillo de otros años, delatan la soberbia amargura de sentirse atada a él, a él que no la quiere nada. De repente, va y busca una piedra o algo pesado entre las macetas, coloca de nuevo a la vieja bocabajo y pone sobre la espalda un ladrillo, mejor dos o tres, no desea ningún tipo de reproche, ni resurrecciones ni que le dé la cara. Al hacerlo siente el agua muy tibia, es el maldito calor. Mira el reloj, la una de la mañana, debe traer más hielo. Va al expendio. Tarda un poco en regresar porque el dependiente le hace preguntas, él sólo responde: «Nos cortaron la luz, es para el refri...».

—Es cansado estar aquí repitiéndote la misma pregunta, ya se me agotó la paciencia. ¿Qué no sientes nada?

No siente las manos, dos días haciendo lo mismo, poniendo hielo a cada rato, las tiene entumecidas, por más que las calienta parecen ausentes del resto del brazo. Las acerca a la llama de la estufa y es hasta después de mucho tiempo cuando vuelve el color y la sensación de movimiento. Y su abuela sigue ahí, flotando bocabajo. Debe ir por más hielo, soportar más preguntas del dependiente, inventar más pretextos. Cada vez que sale, su corazón parece reventarle, teme ser descubierto antes de cobrar el cheque, teme a sus amigos, a los vecinos, a las malditas tías apareciendo por sorpresa. Ellas nunca visitan a la abuela, nunca la llaman, pero seguro ahora, cuando es menos oportuno, llegarán con esa sonrisa de «Te queremos mucho, mamita linda», «¿cómo te trata este parásito de nieto que tienes?, ¿has tomado tus medicinas?». Piensa en eso y su corazón se aterra, porque a ellas no les interesan sus necesidades, ni su futuro, que es ese cheque y todos los cheques de la abuela.

Sale el domingo por la noche con su novia con el fin de calmar un poco las sospechas, de que todo parezca normal, pues esa es la rutina dominguera: dar una vuelta con Lupita, beber alguna cerveza por ahí. Ella lo nota ausente y a él, para que no le pregunte nada, se le ocurre besarla. Lo hace con fuerza y a ella le gusta, se deja hacer. Todo va viento en popa, casi olvida que ha matado a la vieja, hasta que introduce la mano por debajo de la blusa y Lupita grita. Se separa con violencia, él tiene las manos muy frías, demasiado frías. Se avergüenza, no sabe dónde meterse. Ella, para evitarle el bochorno, le pregunta por la salud de la abuela. Eso empeora el cuadro. Él esquiva la pregunta sin dejarse llevar por el pánico de una confesión apresurada. Decide que es mejor despedirse.

De vuelta en casa, los remordimientos se lo tragan como si miles de gusanos le hirvieran la carne por dentro, trata de tranquilizarse. Trae más hielo para la abuela que empieza a oler mal y a hincharse. El agua que se desborda de la tina tiene un color amarillento y la piel de la anciana empieza a arrugarse más. Drena la tina y pone más hielo. Pero el calor es insoportable, él quisiera estar también ahí dentro con su abuela, abrazados. No recuerda cuántas veces puso hielo antes de quedarse dormido, sin sentir las manos.

Es lunes. Despierta. El agua moja su espalda y el olor a podrido se interna en los poros de su cuerpo contagiándolo de muerte. Va hasta donde la vieja, la encuentra flotando bocabajo en agua tibia, los ladrillos y algo de excremento se divisan al fondo de la tina y otro tantos flotando sigilosamente entre ella. Tiene que bañarla, vestirla, maquillarla, ponerla en...

la silla de ruedas. No se la pidió prestada a Gustavo. Se pega en la cabeza una y otra vez como si de esa forma sacara toda la estupidez que le carcome por dentro.

El maquillarla le cuesta mucho trabajo, pues no logra hacer desaparecer ese color cetrino. La polvea en exceso, le pone rubor hasta formar dos manchas rojas en las mejillas, el lápiz labial se agota en los labios que no quieren retener el color. Y el calor ahí, humedeciendo todo su esfuerzo; debe de encontrar una forma de perpetuar el cosmético en la cara de la abuela. El barniz. Sí, le barniza el rostro, la anciana brilla como un sol muerto... Después de un rato la vieja está vestida, maquillada, lista para ir a cobrar el cheque. Él busca las identificaciones y va a por la silla de ruedas a casa de Gustavo. Pese al retraso por ese olvido, todo va bien, todo va sobre ruedas.

Por fin, llegan al edificio, es temprano pero ya hay una fila enorme. Él acomoda a su abuela de tal modo que parezca dormida, así esperan y avanzan, avanzan y esperan. Él observa a los ancianos, la actitud vacía, casi estoica, de sus presencias lo avasalla, lo arranca de sí mismo, lo lanza más hacia el odio que les tiene a todos ellos: pedazos de carne vieja, arrugada, llena de tristeza, desesperanza y resignación. Él no va a llegar a viejo, él no estará en esas condiciones de difunto parlante, esperando bajo el calor, en una fila inagotable, con el sudor que huele a naftalina, con los pensamientos puestos en formol para que aguanten estos tiempos, una miserable pensión. No, él no será un decrépito, un fatigado de la vida como ellos, que se aferran a esta fila y a un cheque; porque los cheques de la abuela lo ayudarán a salir adelante, a ser hombre de provecho, a ganarse la vida y tener un retiro digno.

El sol pega de lleno en los rostros de todos, los

ancianos miran con recelo al muchacho y con cierta curiosidad a la abuela: huele feo, está hinchada y su cara brilla como un espejo que los refleja. El barniz empieza a escurrirle. Él no soporta las miradas, se rasca la cabeza, empieza a ponerse nervioso. Le molesta la gente, le molesta el calor, le molesta la lentitud con que la fila se mueve, le molesta el sueño muerto de la abuela y le duelen las manos, las tiene destempladas. Todo él se siente hinchado, infestado de calor y sopor. Pero el olor es lo más desagradable, ese olor que lo lleva pegado a la nariz, a la piel. Por fin entran bajo techo. Sin embargo, lejos de ser un alivio resulta contraproducente, el olor de su abuela penetra el lugar y las personas comienzan a sentirse incómodas.

Los ojos de los congregados sobrevuelan al joven y a la vieja, un policía incluso se acerca, los observa detenidamente, pregunta si la anciana se encuentra bien. Él contesta: «No hay ningún problema; duerme». Pero el policía no le cree, va hasta donde su compañero y conversan. Deja de mirarlos, él está a dos personas de cobrar el cheque, es lo único importante, está tan cerca que no puede creerlo. Sin embargo, los policías se acercan, se acercan demasiado a la abuela, la tocan y...

—Yo sólo quería cobrar el cheque.
—¿Qué dices muchacho?
—Eso, yo sólo quería dejar de estar bocabajo...

De *Invenciones Enfermas*

Hiperbreves

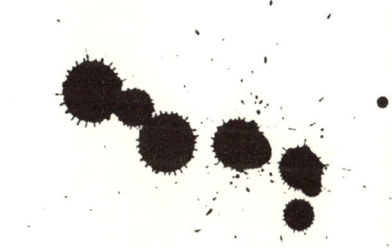

Brochetas

Para Karim Eudave

Mi madre nunca fue buena cocinera. Todo se le quemaba, todo. Literalmente vivimos de las buenas intenciones de su desarmado amor, porque nunca pudo erguirlo, por lo menos en dirección nuestra. Y en esa necesidad idiota de demostrarle al mundo que nos quería, como una cosa natural, nos sentó a la mesa a mí, a mis hermanos, y nos sirvió para desayunar (ya les dije que no tenía ninguna noción en la cocina) su corazón en brochetas, que nos tragamos a la fuerza y a todos nos hizo repetir su mal.

En *Registro de Imposibles*

Sobre las ciudades invisibles

Para Iveett Eudave

Durante muchos años vagué por infinidad de lugares buscando las ciudades invisibles. Compré todos los volúmenes existentes en sus variantes y formas. Aprendía varios idiomas. Me volví diestra en historias de invisibilidades, y nada. De aquí para allá con mi obsesión a cuestas. Hasta que, un día, salí temprano del hotel donde me hospedaba para hacer mi caminata matinal y... tropiezo con un ¿muro? ¿Muralla? ¿Pared? ¡Cómo saberlo, era invisible! Entonces, hice lo que tenía que hacer: me di la vuelta y me marché de ahí para siempre, no fuera aquello cierto, y yo ya no tuviese un motivo de búsqueda en la vida...

Tabi: El país de lo inestable

Cuando te levantas por la mañana, lo único seguro que tienes es el rostro. Ni tu nombre sabes, ni tu nuevo oficio, profesión u ocio. Sales de la casa donde dormiste, o desayunas con quienes en esos momentos son tus hijos, pero, para el día siguiente, quizá no poseerás mujer ni niños ni perro ni casa. El otro día se convierte siempre en un estrepitoso escalofrío, pues ya no tienes a los mismos amigos ni al mismo jefe. Ya no te llaman por el nombre de ayer, ni eres indispensable para quienes el día anterior te amaban. Así es vivir en Tabi, un constante renacer en el mismo cuerpo, que también cambia porque te haces viejo y, al final de la jornada, ni siquiera sabes qué idioma hablarás, ni en qué región de este viajero país vas a habitar. El único norte, aquí, es un río que, por un motivo desconocido, siempre divide en dos el territorio.

Sólo existe una ventaja para los tabianos: no viven de recuerdos...

En *Países inexistentes*

Sobre la inspiración a base de tintas

Para Horacio Eudave

La manera de adquirir inspiración es sencilla; nos la ha confesado un comerciante chino que está vendiendo monos de tinta en el mundo occidental. Monos invisibles, por supuesto; no se les puede ver sino sólo en su hábitat, asegura el asiático. En fin, usted deja sobre su mesita de noche, o sobre su escritorio, una o varias botellitas de tinta en frascos de vidrio, si es cristal qué mejor. Las tapa con un pedazo de tela sedosa y se va a dormir. Si al mono le ha gustado la bebida, retirará suavemente la almohada de su cabeza y se pondrá en su lugar. Es bien sabido que son de piel suave, y su latido pausado dicta a nuestra imaginación, que se acompasa a su ritmo, las historias más fascinantes. Usted sólo tiene que levantarse a la mañana siguiente a escribir. Éxito garantizado, que ahora viene en certificados de papiro *made in China*...

Doble naturaleza

Se pensó durante muchos siglos que los lascivos centauros habían sido erradicados del planeta. Y en verdad sucedió así, en cierto sentido, pues dejaron de existir en el movimiento y se vieron condenados a ser tristes representaciones en cuadros, grabados y esculturas. Los que fueron perpetuados de esta forma, y son guardados celosamente en libros, ilustraciones o museos, no resultaron tan astutos como los que optaron por una vida más nómada para seguir satisfaciendo sus apetitos. Me refiero a los centauros que decidieron ser figuras de feria para burlar a sus acusadores. Así, hicieron del subir y bajar en los carruseles un arte, y dando vueltas literalmente por el mundo, acechar con sus robustos ojos a las doncellas de diferentes latitudes. En ese vaivén aparente, esperaban con paciencia a que la jovencita más dulce, casta y buena subiera sobre su lomo biforme para seducirla sin que ella se diera cuenta. Y en la locura del círculo cada vez más veloz del carrusel, ante la vista de todos, las hacían suyas. Quizá por eso nunca entendieron los padres por qué sus niñas bajaban con el rubor en las mejillas y pidiendo dar otra vuelta en el carrusel...

En *Sirenas de Mercurio*

Letra Roja
publisher

Técnicamente humanos y Otras historias extraviadas
de Cecilia Eudave
se terminó de imprimir en Abril 2010 en USA.